ゆずりは

新谷亜貴子 著

プロローグ

俺の家の庭に、細長い葉が生い茂る小さな木がある。

風もなく、音もなく。

今日もまた、ひとつの命が散った。

「もう、こんな季節か」

青々とした葉が地面に辿り着くのを、冷めたお茶を飲みながら目だけで追いかける。

ゆずりは。

春に新しい葉が生長すると、その親の葉は、静かにその生涯を終える。誰に教えられたわけでなく、誰に強いられたわけでもないのに、まるで最初からその時を知っていたかのように、静かに、そして、潔く……。

なぜだろう。

いつか散ってしまうのに、この世に生まれてきたのは。

なぜだろう。

この世に生まれてきたのに、いつか散ってしまうのは……。

一　ピンクの薔薇

「確か、この辺だよな」

渡された住所をナビに打ち込み、ここまではスムーズに辿り着けた。しかし周りは畑だらけで、家らしきものはひとつも見えない。誰かに道を聞こうにも、人っ子ひとり見当たらない寂しい所だ。

「本当に、この住所で間違いないんですかねぇ」

今年の四月に入社したばかりの高梨が、舌打ちしながら住所が書いてあるメモ用紙を指で軽くはじいた。

「おい、その舌打ちはやめろって何度も言っただろう」

何度言っても、高梨の舌打ちは直らない。入社したての頃に比べ、若干音は小さくなったような気はするが……。

でも、こいつは悪いやつじゃない。葬儀の場で涙ぐんでいるのを、俺は何度も見たことがある。俺たち葬儀屋にとって、葬儀中の涙はタブーだ。しかし人間であり続けるために、涙は、なくてはならないものだと俺は思っている。俺も新人の頃は、故人の生涯、喪主の挨拶、弔辞を聞いているとき、いや、その前に、故人の顔を見ただけで涙が溢れてきていた。

でも、今は……。

涙が出なくなったのを、「職業病」だと格好良く言ってはいるが、時々、自分の心が死んでしまったのではないかと怖くなるときがある。

高梨の採用を決めたのは俺だった。面接に現れたこいつを見て、誰もが息を呑んだ。茶髪にピアス、それも、耳と唇に合計三個だ。一応スーツを着てはいたが、どこからどう見ても、廃れたクラブで適当に働く、ナンバー4くらいのホストにしか見えなかった。

「まずは、お名前をお願いします」

「高梨歩っす。高い低いの高いに、山梨の梨、『歩む』って書いて『すすむ』って読みます。親が、人生を一歩一歩大切に進んでいけるようにと願いながら付けてくれた名前なんっすよ。俺、自分の名前、大好きなんっすよね」

しゃべりすぎ。

誰もがそう思い、苦笑いする面接官もいた。この時点で、こいつの不合格は確定した。だが、一応は当社を志願してくれた若者だ。失礼にならぬよう、マニュアル通りの質問が続く。

「ご自身の、長所は何ですか？」

「長所っすか？　そうっすねぇ……」

斜め上に顎を向け、鼻先をポリポリと掻きながら考える高梨。こいつに、長所なんてあるのだろうか。

「あ、そうそう。俺、マッサージが得意なんっすよ。いっつも、じいちゃんとばあちゃんの肩もんでたから」

葬儀屋としては全く役に立たない長所に、俺は小さくため息をついた。呆れついでに聞いてみる。

「では、短所は何ですか？」

「短所なら、いっぱいありますよ」

満面の笑顔で得意げに言う高梨。こいつは、本当に採用されたいと思って面接に臨んでいるのだろうか。「短所がいっぱいある」なんて、普通は口が裂けても言わないセリフである。

「まずひとつ目は、見てくれが悪いこと。二つ目は、言葉遣いが悪いこと。三つ目は、頭が悪いこと」

（よくわかっているじゃないか）

正確に自己分析をしている高梨に、俺は心の中で称賛の拍手を送った。その時、指を折りながら話す高梨の薬指が折れた。

「四つ目は……」

「あ、もう結構です」

四つ目の短所を言いかけた高梨を、俺の隣の面接官がやんわりと遮った。

（一体こいつは、いくつの短所を持っているんだ？）

俺は心の中で苦笑した。

そんなイマドキ男の採用を決めた最大の理由は、最後の質問に対するこいつの答えだった。

「では最後に、我が社を志願された理由をお聞かせください」

こいつにとっては難しすぎる質問だと俺は思った。だがこいつは、少しも迷うことなく答え始めた。

「小学生の頃、オカメインコを飼ってたんっすよ」

的外れとも言えるこの発言に、面接官の六個の目が点になった。

「そいつの名前、『ひょっとこ』っていったんすけど、ある日突然、動かなくなっちまったんです。これが『死』なんだって、初めて知ったんっすよね」

そこまで話したとき、高梨の顔は急にくしゃっとなり、涙が頬を伝い始めた。

「それまで『死』なんて、自分とは関係のないもんだって、遠いもんだって思ってたから、ショックで、悲しくて、寂しくて……」

面接室は、水を打ったようになった。

「俺はその時、初めて『ひょっとこ』がいてくれる幸せを感じたんす。生きているときは当たり前すぎて気付いていなかった幸せを、やっと感じたんっすよ。動かないひょっとこに向かって、『ありがとう』って、初めて言ったんすよね。生きているうちに言えばよかったって、後悔なんかしたりして」

高梨はそう言うと、茶髪のボサボサ頭を照れくさそうにかいた。

「その時、思ったんすよ。『死』はある意味、『生』に一番近いもんなんだなぁって。『死』を目の前にしたときほど、その『命』を、『生』を感じたり、考えたり、思い出したりすることはないんじゃないかなぁって。それと……」

いつの間にか俺は、身を乗り出してこいつの話に聞き入っていた。

「もうちょっと、マシな名前を付けてやればよかったなぁって」

俺以外の面接官は、こいつの採用に猛反対した。だが俺は、必死に食い下がった。

「だって、あの茶髪……」

「髪は黒に染めればいいだろう」

「ピアスもジャラジャラしてるし……」

「それは、はずさせればいい」

「あの言葉遣いはまずいでしょう」

「それは……、俺が何とかする」

「あんなに涙もろかったら、仕事にならないんじゃないですか？」

「そんなやつも、ここには必要だ」

こうして、滅多に頭を下げない俺の真剣な態度に、やっとこいつの採用が認められたのだった。

光栄にもこいつの教育係に任命された俺は、採用の連絡をするため、電話機の十一個のボタンを慎重に押した。六回目のコールで「はい」と「へい」の中間のような応答が俺の耳に届いた。

「今日面接に来ていただきました、平安会館の水島と申しますが……」

普通はここで、「今日はありがとうございました」等という声が返ってくるはずだ。しかしこいつは、「はあ、どうも」と言っただけで、あとはクチャクチャとガムを噛む不愉快な音が耳に流れ込んできただけだった。

「高梨さんの採用が決まりました」

俺は心の中で何度も舌打ちを繰り返しながら、可能な限り穏やかな声を送話口に送り込んだ。

「へ？　マジっすか？」

こいつの採用を決めたことを、早くも後悔しそうになる。しかし俺は、面接の時のこいつの話を、そして涙を思い出し、必死に怒りを鎮めた。

（こいつと一緒にいれば、俺の心が死ぬことはないかもしれない）

こうして俺は無謀にも、自分の「心の命」を、こいつに託したのだった。


「水島さん、なんか黒いのが、こっちに走ってきますよ」

高梨の素っ頓狂な声に、俺は落としていた視線をフロントガラスに戻した。

「何だ？　猪か？」

目を細くして、その「黒」に焦点を合わせる。

「犬、ですね」

俺より数秒早く、高梨が黒の正体を見破った。

黒いふさふさの毛に、所々、白い斑点や線が入っている。この種類の犬は何と言ったか……。セントバーナード、シェパード、ゴールデンレトリーバー、コリー……。知っているありとあらゆる犬種を頭の中に並べたが、どれもピンとこなかった。

「高梨、この犬の種類は何といったっけ？」

「これですか？」

高梨は、唇の左端をやや上げて答えた。

「雑種、ですね」

何という敗北感。高級感漂うコリー犬のスマートな横顔が、一瞬にして俺の頭の中から消え去った。

「野良犬か？」

「いや、首輪をしているから飼い犬ですよ」

ことごとく否定される自分に、嫌気が差す。

「それなら、この近くに人が住んでいるということだな」

「あぁ、そうですね」

久々に認められた自分に、ホッと胸をなでおろす。こんな小さなことに喜びを感じるなんて、俺も年をとったものだ。

「あ、行っちゃいますよ」

犬が、今来た方へ体を向けた。そして、俺たちの方を振り返り「ワン！」と一声吠えると、馬でいう「並足」のようなスピードで走り始めた。

「ついて来い、ってことじゃないですか？」

「あぁ、俺も今そう思ったところだ」

ハンドルを握り、俺はアクセルを踏んだ。

暫くすると、木々の隙間から古ぼけた小さな家が見えてきた。俺たちを誘導してくれた犬は、チャイムも押さないで、細く開いた玄関の隙間から吸い込まれるように中に入って行った。

『佐倉輝行　琴子』

家に比べると、わりと新しそうな表札を確認する。

「この家で、間違いありませんね」

汗でふよふよになったメモ用紙に視線を落とし、高梨が呟いた。先ほどまでとは一変し、その顔からは、生意気さも、軽い笑みも消えていた。

「よしっ、行こうか。今日は泣くんじゃねぇぞ」

俺は高梨に、そして、自分に気合を入れると、車のドアを勢いよく開けた。

故人に向かうと、俺と高梨は静かに手を合わせた。

故人の名は、佐倉輝行。年齢は六十八歳。死因は、心筋梗塞。やわらかそうな布団で眠る故人の顔は穏やかで、まるで微笑んでいるように見えた。

「道に、迷われたのではないですか？」

湯気が立ち上る湯呑みを差し出しながら、琴子は俺たちに柔らかな笑顔を向けた。故人の妻、そして、この葬儀の喪主でもある琴子の年齢は、六十代前半といったところだろうか。

「いや、こいつが道を……」

「いえ、この子が道を案内してくれたので、とても助かりました」

言葉遣いの教育に苦戦を強いられている高梨を慌てて遮り、俺は薄い笑みを琴子に向けた。

笑顔と真顔の中間。

こんな微妙な表情を、俺はこの職に就いて初めて手に入れた。

「この子は、とてもいい子なんですよ。名前はポチといいます」

琴子は、大きく欠伸をするポチを見て目を細めた。

「水島さん、あれ、うまそうっすね」

俺の耳元で囁く高梨の視線の先、輝行の枕元に、大きなぼた餅が二個置かれている。

（余計なことを言うな）

俺は視線で高梨を叱りつけたが、ぼた餅に心奪われている高梨が気付くはずがない。高梨の視線に気付いた琴子は、慌てたように腰を上げると、小皿にぼた餅を載せて戻ってきた。「どうぞ」と小皿を差し出す琴子に、俺は「どうも、すみません」と頭を下げた。高梨の視線は、小皿の上のぼた餅に釘付けだ。

「奥様の手作りですか？」

やや歪な形のぼた餅が、それが手作りであるということを物語っていた。「ええ」と返事をしながら、琴子は半分ほど減っていた湯呑に、熱いお茶を注いでくれた。

「これ、最高にうまいですね」

前歯に小豆の皮を貼り付けて笑う高梨に、琴子は「よかったら、どうぞ」と自分の分のぼた餅を差し出した。

「いいんですか？　どうも、すんません」

満面の笑みで、言葉よりも先に手を出す高梨。仕方なく、俺は高梨が二個目のぼた餅をたいらげるのを待った。

高梨の「おやつの時間」が終わると、俺は葬儀のパンフレットを鞄から取り出し、葬儀に必要なものや手順等を琴子に説明した。琴子は、ただ黙って俺の説明に耳を傾けていた。

一通り説明が終わると、琴子は少し困ったように、うつむき加減で静かに口を開いた。

「あの……」

「はい？」

「費用は、いかほどでしょうか？」

「それはピンからキリまでですが、盛大な葬儀をした方がご主人は……」

高額の葬儀プランの見積もりを差し出しながら、高梨はお年寄りを狙う詐欺師のような甘い声を出した。俺は心の中でこいつの頭をはたきながら、琴子に気付かれぬよう高梨の太腿を小突いた。ギョッとした顔で口をつぐみ、横目で俺をチラッと見てから、高梨はそっと見積書を手前に引いた。叱られた子どものような高梨が、なんとなくかわいらしく見える。俺は膝をそろえ直すと、不安げな表情で答えを待つ琴子に、今まで幾度となく遣ってきた言葉を口にした。

「ご予算に合わせて、できる限りのことをさせていただきます」

故人が喜ぶ葬儀をしたい。遺族の願いは、皆、同じだ。だが俺は今まで、経済状況により理想の葬儀を断念した遺族を、いくつも見てきた。子どもと離れて暮らし、老老介護を行ってきた老人に、豊かな遺産というものは存在しなくなりつつある。

「予算は二十万円ほどなんですけど……」

申し訳なさそうに、琴子は宙を泳いでいた視線を手元に落とした。予想以上に低い予算が提示され、俺は少々面食らった。隣の高梨は、露骨な驚き顔を披露しているに違いない。葬儀費用の全国平均は、約二百万円。その十分の一の費用で、今回の葬儀を行わなければならないのだ。

俺たちも商売人だ。儲けなくして、商売は成り立たない。しかし、俺たちの仕事には、儲けよりももっと大切なことがあるのではないか。故人にとって、そして、遺族にとって心に残る葬儀を行うことが、俺たち葬儀屋の本望ではないだろうか。俺はいつも、このジレンマに悩まされる。

「わかりました。それでは、二十万円以内の葬儀プランを考えましょう」

そう俺が口を開いたのは、琴子から予算が提示された五秒後だった。ギリギリの線だったと、俺はホッと胸をなで下ろした。

五秒。

費用の話をするとき、俺は自分の中で「五秒」というリミットを決めている。これ以上沈黙を続けたら、遺族の心が不安で埋め尽くされてしまうことを、今までの経験の中で身を持って知ったからだ。最愛の家族を亡くした遺族の悲しみは、計り知れない。そんな遺族の心を、「お金」という物理的な問題で、更に追い込むようなことはしたくなかった。

改めて、二十万円という予算を思い浮かべてみる。この様子では、参列者は少ないだろう。一番小さな会場と安価な棺にすれば、何とかなるかもしれない。

「大丈夫です。心配なさらないでください」

俺の言葉を聞き、ホッとしたような笑みを浮かべると、琴子は俺たちに向かって丁寧に頭を下げた。高梨の不満げな顔が、俺の横顔を突き刺す。

（いずれ、お前にもわかる）

俺は高梨の顔を見ずに、心の中でそう語りかけた。

「それでは、湯灌《ゆかん》の儀を執り行わせていただきます」

俺たちは琴子と共に湯灌を済ませ、輝行が生前愛用していたという浴衣に着替えさせた。その体は折れそうなほど細く、驚くほどに軽かったが、誰も想像しえない重いものを背負ってきたのだろうと俺は思った。何も背負っていない死者なんて、この世には存在しない。

棺の中に入れるものは、その人の人生を物語る。洋服、手紙が最も多いが、楽譜やバレエシューズ、将棋の駒や白衣等が入れられることもある。何も聞かなくても、その人が生前何をしていたか、何が好きだったかを伝えてくれる、とても大切なものだ。

琴子は夫の棺に入れるものを、二つだけ準備した。

「これだけですか？」

琴子の手元に目をやり、高梨が確認する。この言葉の頭に「たった」という三文字を付けなかった高梨を、俺は心の中で褒めまくった。

琴子が手にしていたもの、それは、白い杖と一枚の写真だった。

「すみません、この材質の杖は燃えにくいので、棺には入れられないんですよ」

申し訳なさそうに、高梨が白い杖をそっと琴子に返した。「そうですか」と表情を曇らせる琴子。気を取り直すように、高梨が写真を覗き込みながら琴子に尋ねる。

「これ、誰の写真ですか？」

写真の中には、大きな犬に寄り添って笑う、一人の若い男性がいた。

「これは、主人です」

琴子は懐かしそうに目を細めると、写真の犬を指でそっとなでながら言った。

琴子が棺に入れたいと準備した白い杖、そして、写真の中のハーネスをつけた犬と青年。

「もしかして、ご主人は……」

俺と高梨は、故人が盲人であったということを、この時初めて知った。

「ええ、主人は目が見えませんでした。生まれてまもなく高熱を出し、その影響で視力を失ってしまったのです」

「ということは、奥さんとご主人が出逢ったときは、もう見えなかったってことですか？　ご主人は、奥さんの顔も知らないいってことですよね？」

矢継ぎ早に直球の質問を投げかける高梨を、俺は半ば呆れ気味に眺めていた。しかし琴子は気を悪くした様子もなく、穏やかな表情を高梨に向けた。きっと、孫ほどの年齢である高梨に対し、いくらかの愛情を感じているのだろう。

「主人と出逢ったのは、私が十八歳、そして、主人が二十五歳の時です。犬が大好きだった私は、盲導犬を連れて歩く主人に唐突に声をかけました。今思えば、何て不躾なことをしてしまったのだろうと思います。でも、私も若かったんですね。不思議なくらい意気投合した私たちは、その日から毎日言葉を交わすようになったのです」

はにかむように、琴子が笑う。

「それじゃ、この犬が二人の愛のキューピッドなんっすか？」

興奮気味に、高梨が尋ねる。

「愛の……、なんですか？」

「愛のキューピッド。まぁ、簡単に言えば、仲人さんってとこですかね」

琴子は小さく声を出して笑った。

「そうですね。この子は私たちの愛のキューピッドであり、そして、主人の命の恩人でもあるのです」

老眼鏡をはずし、琴子は遠い少女時代に記憶を巻き戻した。


二人が出逢ったのは、桜の蕾が膨らみ始めた頃だった。それから三つの季節が過ぎていき、二人が交わす言葉は、白い息に姿を変えていた。寒さで小さく震える輝行を、盲導犬・ブライトが心配そうに見上げる。

「ブライトって輝行君の奥さんみたいだね」

「えっ？　奥さん？」

唐突な琴子の言葉に、輝行は目を丸くした。

「そう、奥さん」

「どうして？」

「だって、いつも輝行君の傍にいて、いつも輝行君を心配していて、そしていつも、輝行君のことを第一に考えているでしょう？」

「ははは、そういうことなら、奥さんって感じかもね」

笑いながら、あっさりと認める輝行。

「でも……」

輝行はいたずらっぽい笑みを浮かべると、琴子の顔を覗き込んだ。

「残念ながら、ブライトは男の子だ」

視力を失って、視覚以外のありとあらゆる感覚が敏感になった輝行。琴子のやきもちを、感じ取ったのかもしれない。

「勘違いしないでよ。そんなんじゃないからね」

琴子は慌てて、輝行に向き直った。

「えっ？　何が？」

わかっていてか、本当にわかっていないのか、輝行は、とぼけたような顔で小さく首を傾げた。

「もういい！　何でもない！」

頬を膨らませ、琴子は空を見上げた。

琴子には、頬を膨らませる癖があった。困った時やいじけた時、琴子は決まって頬を膨らませて空を見上げる。

「そんなに膨らませたら、風船みたいに飛んでいっちゃうよ」

と、友達によくからかわれていた。

その話を、輝行にしてみる。大笑いすると思っていたのに、輝行は真面目な顔をしてこう言った。

「風船は飛んでいったら、もうここには戻ってこないんだろうな」

琴子は笑いながら答えた。

「当たり前じゃない。風船は、どこに飛んでいくかわからないし、どこに着地するかわからない。でもひとつ言えるのは、同じ場所に戻ってくる可能性はないということね」

「人に握られて自由を失った風船と、紐が切れて空高く舞い上がる風船、どっちが幸せだと思う?」

琴子は迷わず答えた。

「それは、空高く舞い上がる風船に決まってるわ。電線とか、カラスとか、危険なものはいっぱいあるけど、それでも、短い時間でも自分らしく生きられる方が絶対に幸せよ」

「そうだよね。そうに決まってるよね」

輝行は笑った。でも、輝行の目に一瞬浮かんだ寂しげな色を、琴子は見逃さなかった。

(なぜ、そんな目をするの?)

琴子は心の中で問いかけた。しかし輝行からの答えはなく、ただ、いつものように穏やかな時間だけが過ぎていった。

次の日、輝行は姿を現さなかった。最初は、用事でもあるのだろうと気楽に考えていた琴子。しかし、その次の日も、また次の日も、輝行は現れなかった。

琴子は心配でならなかった。風邪をひいたのではないだろうか、事故に遭ったのではないだろうか、いや、もしかしたら、自分のことを嫌いになったのではないだろうか……。もう二度と輝行に会えないのではないかと思うと、心が壊れそうだった。この時、琴子は初めて気付いたのだ。自分が輝行に、「恋」をしているということに。

輝行が来なくなって八日後、いつも二人が会っていた公園で輝行を待ち続ける琴子の前に、一人の女性が現れた。五十代前半くらいのその女性の手には、ブライトのハーネスが握られていた。

「あ、ブライト! ねぇ、輝行君は?」

ブライトにかけ寄る琴子に、女性は驚いたように視線を向けた。

「あなた、ブライトを知っているんですか? それに、輝行のことも」

「あ、は、はい」

琴子は慌てて立ち上がると、「望月琴子といいます」と、挨拶をした。女性は、暫しの間琴子の瞳をじっとみつめると、硬かった表情を少し和らげ、自分は輝行の母親だと名乗った。

「座りましょうか」

母親は、いつも輝行と琴子が座るのとは反対方向にあるベンチに琴子を促すと、腰を下ろしながら静かに口を開いた。

「ブライトは、あなたに会うためにここに来たがったんですね」

「えっ?」

「輝行が外に出ようとしなくなってからも、この子は外に出たがりました。誰かとの約束がある、そう言うように、毎日同じ時間にハーネスをくわえて玄関の前に座りましたが、輝行のことが気がかりだった私は、ブライトを外に連れて行くことができませんでした。でも、ブライトの様子を見ていると、何か大切なことがあるに違いないと思いました。だから今日、私はブライトに連れられるままにここに来たのです」

琴子に頭や背中をなでられているブライトは、気持ちよさそうに目を細めている。

「あの……、輝行さんはお元気なんでしょうか?」

勇気を出して、琴子は尋ねた。

「元気ですよ、体はね。でも……」

言葉を切ると、母親は大きくため息をついた。そのため息の深さに、琴子は胸騒ぎを覚えた。

「でも……、何ですか?」

琴子は急かすように尋ねたが、母親は首を横に振っただけだった。

暫く続く沈黙。右手に伝わるブライトの温もりだけが、琴子の不安な気持ちを支えてくれていた。

雪が降り始めた。落ちては、地面に吸い込まれるように姿を消す雪たち。

「輝行は……」

地面の一点をみつめながら、母親が静かに口を開いた。

「輝行は、あなたのことが好きなんでしょうね」

「えっ?」

思いがけない母親の言葉に琴子の頬が熱を持ち、落ち着きかけていた心臓が、再び大きく高鳴り始めた。そんな琴子に母親は微笑みかけたが、その目は笑ってはいなかった。

「普通の男の子にとっては、とても嬉しいことです。好きな人ができるって、とってもステキなことですからね。でも輝行にとっては、それが辛かったのでしょう。だから……」

母親は言葉を切ると、再び空を見上げた。

「だから輝行は、死のうとしたのかもしれません」

頭の中が、真っ白になった。

(どうして？　どうしてなの？)

琴子の隣で、あんなに楽しそうに笑っていたのに、どうして……。

「あなたは、何も悪くありません」

言葉こそ穏やかだが、琴子の方を見ずに話す母親の横顔が、彼女の本当の気持ちを琴子に伝えていた。

「輝行の友達になってくださって、感謝しています。あなたに出逢ってから、輝行はとても明るくなりました。親を気遣っての上辺だけの笑顔ではなく、心から笑うようになったのです。そんな輝行を見ていると、私もとても幸せな気持ちになりました。

でも輝行は、恋する喜びを知ったことで、恋を失うかもしれないという恐怖も同時に知ってしまったのです。いつかあなたがいなくなってしまうのではないか、いいえ、それよりも、あなたが自分のせいで小さな世界に閉じこもってしまうのではないかと、不安でならなかったに違いありません」

涙がこぼれないように、琴子は空を見上げた。滲んでいない空を、最近見ていないような気がする。

「あなたと同じ空を見られないことを、あなたと一緒に飛べないことを、輝行は知っています」

母親も、潤ませた瞳を空に向けた。

「あなたに会えば、輝行は苦しくなるのです。だから……」

急に厳しさを帯びた母親の声に、琴子は潤んだ瞳を彼女に向けた。母親の鋭い視線が、琴子の目を射抜いた。

「もう二度と、輝行に会わないでください」

息を呑み、涙が頬を伝い始めた琴子に背を向けると、母親はブライトのハーネスを引いた。母親と、何度も振り返りながら小さくなっていくブライトの姿が、涙で見えなくなった。

不意に、輝行との会話が脳裏に蘇ってきた。

《風船は飛んでいったら、もうここには戻ってこないんだろうな》

〈当たり前じゃない。風船は、どこに飛んでいくかわからないし、どこに着地するかわからない。でもひとつ言えるのは、同じ場所に戻ってくる可能性はないということね〉

《人に握られて自由を失った風船と、紐が切れて空高く舞い上がる風船、どっちが幸せだと思う？》

〈それは、空高く舞い上がる風船に決まってるわ。電線とか、カラスとか、危険なものはいっぱいあるけど、それでも、短い時間でも自分らしく生きられる方が絶対に幸せよ〉

琴子は愕然とした。あの時、輝行が、風船と自分を重ね合わせているということに気付いていたら、他の答えを言うことができたのに。他の答えを言うことができていたら、あんなにも輝行の心を苦しめることはなかったかもしれないのに。涙に姿を変えた後悔の念が、止まることはなかった。

その日から、琴子は公園に行くのをやめた。

毎日、公園から遠く離れた川原で、流れていく時間をぼんやりと過ごしていた。

ふと見上げた空。赤い風船が、青空に吸い込まれていく。子どもの手を離れたのだろう。今頃、風船を失った子どもは、泣いているかもしれない。そして、ひとりぼっちになった風船も……。

「琴ちゃん、やっと見つけたよ」

背後から、突然聞こえてきた懐かしい声。思わず振り返った視線の先。そこにいたのは、琴子が会いたくてたまらなかった、まさにその人だった。

「どうして……、どうして、私がここにいるってわかったの?」

琴子は震える声で尋ねた。

「君の心の声が聞こえたんだ。『私はここにいるよ』ってね。目が見えない分、すごい地獄耳になっちゃったみたいなんだ」

「地獄耳の人は、嫌われちゃうわよ」

必死に涙をこらえ、琴子はちょっとおどけたように言った。

「嫌われたって構わないよ」

「輝行君って、強いのね」

「強くなんかないさ」

「私は人に嫌われるのがとても怖いわ」

「僕だって怖いよ。ある一人の人に嫌われるのはね」

輝行の優しいまなざしに、琴子は吸い込まれそうだった。

「君にさえ嫌われなければ、僕は一生笑って生きていくことができるよ」

思いがけない輝行の言葉に、琴子は戸惑った。本当は、輝行の胸に飛び込んで思い切り泣きじゃくりたい。でも、あの時の母親の悲しげな瞳が、琴子の気持ちにブレーキをかけていた。

《あなたを好きになったから、輝行は死のうとしたのかもしれません》

母親の言葉が再び蘇り、琴子は唇をかみ締めた。スニーカーのつま先をみつめ、輝行に伝えるべき言葉を必死で探した。「伝えたい言葉」ではなく、「伝えなければならない言葉」を。そして琴子は、それを見つけた。

〝あなたと一緒に生きていくことはできない〟

ひとつ大きく深呼吸をし、「これでいいんだ」と自分に言い聞かせて、琴子は顔を上げた。その瞬間、琴子の唇に突然柔らかな感触が広がった。体中の血液が、ものすごい勢いで全身を駆け巡る。目を閉じた琴子の目尻から、幾筋もの涙がこぼれた。言葉にしてはいけない想いを流すかのように、次から次にあふれてくる涙。ゆっくりと離れた輝行の目からも、涙がこぼれていた。

「母さんが、ひどいことを言っちゃったみたいだね。ごめんね」

腰を下ろしながら、輝行は申し訳なさそうに眉間に皺を寄せた。

「ううん。でも、どうして自殺なんて……」

言葉をにごす琴子の続きを、輝行は穏やかにつないだ。

「琴ちゃんと出逢って、僕は色を知ることができたんだ」

「色を？」

「そう。君と出逢うまで、僕は『黒』という色しか知らなかった。黒は僕がいつも見ている色だけど、他の色は知らなかったんだ。モノと違って、色は手で触ることができないからね。

君と出逢って僕が知ることができた色は『桃色』と『青』。ほら、よく言うよね。人を好きになったときの気持ちは『ピンク』で、嫌なことがあったときは『ブルー』な気持ちになるって」

琴子は黙ったまま頷いた。

「君を好きになって、僕は毎日が幸せになった。『ああ、こんな気持ちが桃色なんだなぁ。すてきな色だなぁ』って、そう思ったんだ。そして君と喧嘩をしたり、君と会えなかったりしたときは、とても寂しい気持ちになった。『ブルーな気持ち』にね」

輝行は、白い息を空に向かって吐いた。

「でも僕は怖くなったんだ。いつかこの色が、また『黒』に戻っちゃうんじゃないかって」

「どういうこと？」

「君がそばにいてくれる間は、僕は黒以外の色を知っていられる。でも君が僕の前からいなくなってしまったら、その色はまた『黒』に姿を変えてしまう。『黒』は何色をも消してしまえる強いものだと僕は思っているんだ。

それに、好きな人ができても、僕はその人の笑顔を見ることができない。好きな人が赤信号を渡ろうとしても、僕は止めてあげることができない。僕は、愛する人を守ることができない」

天を仰ぎ、輝行は唇をかみしめた。心配そうに、ブライトが小さく鼻を鳴らしている。

「僕は黒い世界に戻るのが怖くなってしまったんだ。最初から幸せな世界を知らなければ、それを失う怖さを味わうことはない。でも僕は、色のある世界を知ってしまった。本当は喜ぶべきことなのに、僕の心の弱さが、それを失うかもしれないという恐怖心の方を遥かに大きくしてしまったんだ。そして僕は、今の幸せを抱いたまま旅立つことを決心した」

輝行は優しくブライトの頭をなでた。

「でも、ブライトに止められたんだ」

琴子は膝を抱える両手に力を入れた。こうしていなければ、体の震えが、そして心の震えが、輝行に伝わってしまいそうだった。

「僕はブライトと一緒に、いつも散歩をしている山に登った。君の声を、君の香りを思い出さないように他のことばかりを考えながら、僕は崖の近くに辿り着いた」

その光景を思い浮かべた琴子の全身に、鳥肌が広がっていった。

「僕はいつもと同じように、『GO』の指示をブライトに出した。あと十メートルも歩けば楽になれる。その時の僕は、そんな安らぎにも似た感覚を覚えていたんだ。でも、今思うと、ブライトを巻き添えにしようとしたなんて、ひどい話だよね」

輝行は小さく笑ったが、琴子は笑えなかった。いつもなら、輝行が笑うだけで琴子は幸せだった。でも今は、輝行の笑顔が残酷なほどに胸を締め付ける。

「だけど……」

輝行は真顔に戻ると、ブライトの方に顔を向けた。

「ブライトは、僕の指示に従わなかった。まだ危険が目の前にあるとは言えない状況の中で、ブライトが僕の指示に従わなかったのは、それが初めてのことだったよ。

それでも僕は、死のうと思った。ブライトを置いて一人で旅立とうと、僕はハーネスを手から離し、崖の方に向かって歩き出した。その時、信じられないことが起こった」

輝行は小さく息を吸った。

「ブライトが、僕に向かって吠えたんだ」

盲導犬は、何があっても声を出さないように訓練されている。尻尾を踏まれても、他の犬に出会っても、決して吠えないように厳しく訓練されている。そんなブライトが吠えたなんて、琴子には信じられなかった。

「僕は、はっとした。『ワン』というブライトの一言に、どれだけの想いが詰まっているかを僕は感じたんだ。

僕はブライトを抱き締めて、思い切り泣いたよ。子どものように、声をあげてね。ブライトの鼓動を感じながら、僕は気付いたんだ。僕が死んで楽になるのは、自分だけだって。君は色を知っている。でも僕が死んだら、君が見ているものは色を失うかもしれない。そう思った。僕にとって、色は目で見るものじゃなく、心で感じるものだからね」

輝行は言葉を切ると、「自信過剰だね」と肩をすくめて笑った。

琴子は涙で潤んだ瞳を空に向けた。自分は目が見える。青い空、白い雲、赤い花……。全ての色を見ることができる。でも、輝行と会えなくなってから、琴子の目に映るものは全て色あせて見えた。輝行と一緒に見た美しい花が、真っ青な空が、木々の緑が、あの日から全てセピア色に塗り替えられた。色は心で感じるもの。鮮やかに見えたり、色あせて見えたり、その時々の気持ちが、全てのものを様々な色に塗り替えていくのだ。

二人の前を、風船を手にした子どもが笑顔で通り過ぎていく。

「あなたに……」

子どもの後ろ姿を見送りながら、琴子は、輝行に今一番伝えたい言葉を見つけた。

「あなたに握られた風船は、きっと幸せよ」

驚いたような表情を浮かべた後、輝行の顔がぐちゃっと歪んだ。

「ありがとう。僕はもう大丈夫だよ」

涙を流しながら、優しく微笑む輝行。琴子は思わず輝行の胸に飛び込んだ。激しく泣きじゃくる琴子の髪をなでながら、輝行は何度も「ごめんね」と繰り返した。

「彼は、私よりも色を知っていたのかもしれません」

遠くに投げていた視線を俺たちに戻し優しく微笑むと、琴子はゆっくりと湯呑に口をつけた。

「なんかぁ、すごくいい話じゃないですかぁ」

高梨は子どものように鼻をすすりあげながら、汚い顔を俺の方に向けた。

(泣くなって言ったろ)

視線でそう言いながらも、感情のまま素直に涙を流しているこいつが、俺には眩しく見えた。こんな時、こいつを採用して正解だったと俺はいつも思う。

「それで、その後すぐに結婚したんっすか?」

その場の雰囲気に慣れると、こいつの言葉遣いは最悪になる。だが琴子は、そんなことは何も気にしていない様子で、小さく首を横に振った。

「いいえ。彼は二十五歳、私は十八歳。若いというだけでも反対されるのに、まして彼は目が見えません。互いの両親はもちろん、親族や近所の人達までもが私たちの結婚に反対しました」

「へぇ～、冷たいんすね、みんな」

「いいえ、むしろ私たちのことを想って反対していたのだと思います。彼の両親は結婚したら私が苦労すると、そして私の両親は、私が本当に彼のことを支えることができるのかと、互いに相手のことをとても心配していました」

「へぇ～、優しいんすね、みんな」

さっきとは真逆の言葉を平気で口にする高梨。琴子は小さく笑うと、再び口を開いた。

「それでも、私たちは諦めませんでした。彼はマッサージ師の資格を取るための勉強を始め、私は高校を卒業してすぐに飲食店に就職し、懸命に働きました。二人の気持ちが真剣であることを、行動で示そうと必死だったのです。

そんな私たちを見て、私の両親は結婚をやっと認めてくれました。でも彼の両親は、なかなか賛成してくれませんでした。

ある日、彼のお母さんが私に言いました。

『輝行は、あなたが赤信号を渡ろうとしても、引き止めることができません』

と。それは、以前彼が私に話してくれた、死のうとした理由と同じ言葉でした。

『輝行は、あなたを守ることができない』

と苦しげな表情で話すお母さんに、私は言いました。

『輝行さんは、私の心が泣いていることに、すぐに気付いてくれます。表では笑っていても、心では泣いていることって、よくありますよね？　普通の人は、表面上の笑顔で、私は元気なのだと判断します。でも輝行さんは、私の心を見てくれるのです。心の涙を、敏感に感じ取ってくれます。目に見えるものが見える人よりも、その人にしか見えない心の目を持っている人が、私には必要です。守り方は、ひとつじゃありません。それに、男の人が女性を守らなきゃいけないって、誰が決めたんですか？　そんなの、不公平です。私は自分の守り方で、輝行さんを守ります』

と。

その日の夜、彼の両親はこう言ったそうです。

『あなたの守り方で、琴子さんを守りなさい』

こうして私たちは、出逢ってから三年目で、ようやく結婚することができました」

ちょっと顔を赤らめて微笑む琴子を見て、俺のがさがさした心が潤っていくような気がした。高梨は、さっきよりも更に汚い顔で泣いている。

「あ、そうそう」

琴子は小さく手を打つと、たんすの一番上の引出しから古びた茶封筒を取り出した。そして中から数枚の写真を取り出すと、俺たちの前に並べた。

「これが、結婚式のときの写真、これが北海道に旅行に行ったときの写真、そしてこれが……、これは何のときに撮ったんでしょうねぇ。よく覚えていませんが、二人とも、それにブライトも嬉しそうに笑っているでしょう。これも、何のときの写真かわからないわね。どうして家の中で写真を撮ったのかしら」

琴子は小さく首を傾げた。

「でも、旅先での写真より、家の中で撮った写真の方が、みんないい顔してますよ」

高梨が一枚の写真を手に取ってそう言った。なるほど。高梨の言うとおり、家の中での三人はとてもいい顔をしていた。

俺は写真の中で微笑む四十年ほど昔の琴子と、今目の前にいる琴子をそっと見比べた。写真の頃に比べると、皺の数がかなり増え、幾分痩せたような感じはするが、目の奥の優しさは、今も変わらず生き続けていた。

「奥さんは、ご主人の目になるために結婚したんすね」

二人がはにかんだように笑う結婚式の写真を手に取りながら、高梨が涙声で言った。

「いいえ」

琴子は静かに首を横に振った。

「私は、ただ純粋に、主人を愛していたから結婚したのです」

帰りの車の中で、高梨はまだ鼻をすすりあげながら「いい夫婦っすね」と何度も繰り返していた。「思い出し泣き」を、こいつはよくする。

「この仕事って、何かすげぇもん背負ってるような気がしたっすよ。俺、頭が悪いから何て言えばいいかわかんないんっすけど、何かこの辺がムラムラしたんっすよね」

左胸に手を当て、高梨がしんみりと言った。

「それでいいんだ、高梨。言葉にできない想いほど、でっかいものはないからな」

高梨の「ムラムラ」という場違いな表現に心の中で大笑いしながら、俺は言った。

「今回の葬儀、俺がいくらかカンパしてもいいっすか?」

高梨が、充血した目で俺を見た。

「二十万ぽっちじゃなくて、もっと盛大にしたいんすけど」

「それなら、お前、二百万出せるか?」

俺の言葉に、高梨はギョッとしたように首をすくめた。

「いいか。俺たちにできることを考えろ。俺たちにできるのは、お金の援助じゃない。心ある葬儀だ。今日の通夜、明日の葬儀の時は、故人のことだけを考えろ。女や酒のことなんか全部忘れて、ただ、故人のために全てを捧げるんだ」

珍しく神妙な面持ちで頷く高梨。そんな高梨を見て、俺はあることを決心した。そして、その決心が揺らぐ前に俺は口を開いた。

「この葬儀の担当は、お前に任せる」

担当。通夜と葬儀の段取り、遺族との打ち合わせ、進行……。葬儀式にかかるありとあらゆる業務、全ての責任者だ。高梨は入社してから今日まで、俺の助手として通夜や葬儀に携わってきた。「担当」を命じられたのは、これが初めてだ。

「へ？　いや、ちょっと待ってくださいよ。俺にはまだ無理っすよ」

高梨は慌てたように、体ごと俺の方を向いた。

「なんでだ？」

俺は高梨の心が落ち着くように、努めてゆっくりと低い声で、答えがわかっていることを問うた。

「だって、まだどうやったらいいかよくわかんないし、何か、すごいことやらかしちゃいそうだし、とにかく、まだ自信ないっすから……」

「最初から自信のある奴なんて、どこにもいない」

高梨の予想どおりの答えに、俺は準備していた言葉を返した。赤信号を前に、ブレーキに乗せた右足に少しずつ力を入れながら、俺は高梨の右顔を横目で見た。うつむき加減で顔をひきつらせている高梨。こいつの頭と心の中では、今、様々な思いが葛藤しているに違いないと俺は思った。そんな高梨が、新人の頃の俺に似ているような気がした。そして、俺は願った。どうか、心が勝ってくれと。頭ではなく、心の赴くままに決断してほしいと。

車は完全に停止した。だが俺は、高梨の方に顔を向けることはしなかった。俺の威圧ではなく、高梨本人の意思で決めてほしかったからだ。だが、やっと動き始めた心には、ささやかなサポートが必要であるということを俺は知っている。

「無理にとは言わない。だが……」

青信号になるのを待って、車をゆっくりと発進させながら、俺は静かに言葉をつないだ。

「今回の担当には、お前が一番ふさわしい」

高梨は何も言わなかった。俺も、黙ったまま車を走らせた。


午後七時。故佐倉輝行の通夜がしめやかに始まった。司会者の席には、白い手袋をはめた高梨が、小さく震えながら立っている。俺は高梨から見える位置に立ち、怯えたような面持ちでこちらを見た高梨に向かって、小さく顎を引いた。

「故 佐倉輝行様は、色を知りませんでした」

静かな曲と共に流れ始める高梨の少し上ずった声。故人の生涯。高梨が三時間机にかじりついて書いた原稿だ。六十八年もの故人の生涯を語るにはあまりにも短い時間だが、高梨はこれに、全魂を込めたに違いない。

我が社は通常の葬儀社とは異なり、通夜の際も故人の生き様についての話をする。通夜にしか来られない人にも、故人についてより多くのことを知ってほしいという、社長の願いがそこにはあった。

「でも、琴子さんと出逢ったことで、色を知れました」

初めて担当を務める高梨の文章は、支離滅裂で、言葉遣いの誤りが随所にあり、稚拙な表現が多い。顔を真っ赤にし、時々声を詰まらせながら原稿を読む高梨は、参観日に作文を発表する子どものように見えた。

「輝行さんは……、輝行さんは、とても幸せでした。大好きな琴子さんと結婚できたからです。そして琴子さんも、とても幸せでした。大好きな輝行さんと結婚できたからです」

ここで、高梨の涙腺がこわれた。涙が頬を伝い始めた高梨を見て、俺の横に立っていた社長が、小さく舌打ちをした。俺は、そんな社長をギロリと睨み付けた。ギョッとした表情で立ちすくむ社長。入社してからずっと絶対服従だった俺に睨まれたのだから、無理もないだろう。飼い犬に手を噛まれたように生気を失った社長は、すごすごと姿を消した。

静かな会場に、マイクが丁寧に拾った高梨の鼻を吸い上げる音だけが響き続ける。でも、笑う者は一人もいなかった。

「一度、琴子さんは輝行さんに聞いたそうです。『もし目が見えるようになったら、何を見たいか』と。輝行さんの答えはこうでした。『もし目が見えるようになったら、僕は一生目を閉じて生きるよ。だって、今は見えている大切なものが、見えなくなってしまいそうだからね』」

知らなかった。いつの間に高梨は、こんな話を琴子としたのだろうか。俺が手洗いから戻ってきたとき、こいつは琴子の肩をマッサージしながら何かを話していた。葬儀屋としては役に立たないと思っていた高梨の長所が、こんな形で生かされるとは。琴子が本当に心を開いたのは、ベテランの俺ではなく、礼儀も何も知らない高梨だったのかもしれない。

「私もいつか、輝行さんと琴子さんのような家庭を築きたいです」

司会者の主観的な感想で、故人の生涯は締めくくられた。

俺は、こいつのような原稿は書かない。こいつのような読み方はしない。こいつのように、担当をしている最中に泣いたりなんてしない。こいつは葬儀屋としてはまだまだ甘く、最悪だ。都会の大きな葬儀社なら、こいつは完全にクビだろう。だが、俺はこいつの担当を見て、久々に目頭が熱くなるのを感じた。

参列者の見送りが終わり、明日の葬儀の準備のために会場に戻ると、棺の前に一人の男の姿があった。高梨だ。棺の蓋を開け、何かを入れようとしている。

「お前、何してるんだ?」

俺の地響きのするような声に、高梨は「ひゃっ」と小さく悲鳴を上げて振り向いた。

「何だ。水島さんっすか」

「何だとは何だ」

俺が近付いていくと、高梨は背中の後ろに何かを素早く隠した。

「何を隠したんだ?」

「何でもないっすよ」

「見せろ」

「いや、恥ずかしいっす」

「いいから、見せろ」

俺の鬼のような形相に、高梨はしぶしぶといった様子で、背中の後ろに隠していたものを差し出した。

一本のピンクの薔薇。

想像を見事に裏切ってくれたその正体に、俺は首を傾げた。

「これは、何だ？」

「薔薇っす」

「そんなことは、わかっている。どうして薔薇の花を入れようとしていたのかと聞いているんだ」

「一本の花くらいカンパしてもいいじゃないっすか」

少し怯えたように、高梨は上目遣いで俺を見た。

「そういうことを言っているんじゃない」

「じゃあ、入れてもいいんっすか？」

嬉しそうに、高梨がまだあどけなさが残る八重歯をのぞかせる。

「あ、ああ。好きにしろ」

八重歯をのぞかせたまま、高梨は輝行の胸元に、両手でそっと薔薇の花を置いた。その瞬間、完全に血の気を失った輝行の顔に、赤みが差したような気がした。

（笑った……）

俺には、そう見えた。

その輝行の顔を見ながら、俺は我に返った。高梨と話していると、どうも調子が狂ってしまう。俺が聞きたかったのは、「高梨がなぜ『ピンクの薔薇』を準備したか」、ということなのだ。柔らかな表情で輝行をみつめる高梨の横顔に向かい、俺は口を開いた。

「でも、何でピンクの薔薇なんだ？」

「何でって……。輝行さんと琴子さんが好きな花だからっすよ」

「どうして、そんなことがわかる？」

高梨はきょとんとした顔で俺を見た。俺が映っている高梨の瞳が、わずかに揺れる。

「琴子さんが見せてくれた写真に写ってたんっすよ。輝行さんと、琴子さんと、ブライトが家の中で撮った写真の花瓶に、ピンクの薔薇が挿してあったんす。同じような写真が何枚かあったの、水島さんも見たでしょう？」

確かに、琴子が見せてくれた写真の中に、そんな写真もあったような気がする。

「でも、どうしてわかるんだ？」

俺には、どうしてもわからないことがあった。

「へ？」

「だから、どうしてあれがピンクの薔薇だということがわかるんだ。あの写真は、白黒写真だったじゃないか」

一瞬の沈黙。高梨にじっとみつめられた俺の鼓動が速くなった。

「俺には……」

高梨はゆっくりと口を開くと、輝行の胸元で鮮やかに咲く薔薇に視線を移した。

「俺には、ピンクにしか見えませんでしたけど」

《色は目で見るものじゃない。心で感じるものだ》

ふと蘇った輝行の言葉。記憶の中の白黒写真の薔薇の花が、鮮やかなピンク色に染まっていった。

二　優しい嘘

輝行の葬儀から、一ヶ月がたった。葬儀の後、琴子は何度も高梨に礼を言っていた。

「私たちが大好きなお花を入れてくださって、本当に感謝しています」

そう言った琴子の目から、幾筋もの涙がこぼれた。それは、俺が初めて見た琴子の涙だった。通夜でも葬儀でも気丈に振る舞い、決して涙を見せることがなかった琴子。しかし、高梨の心が、琴子の気持ちを素直にしたのだ。泣きたいときは、泣けばいい。純粋な心は、凍てついた人の心を優しくとかす。

「水島さん、着いたっすよ」

高梨の声に、俺は一ヶ月前の記憶を慌てて遮断した。俺より一足早く車を降りる高梨の後ろ姿が、少し大きくなったように見える。

「今日は泣きませんから」

俺を振り返り、高梨は真剣な目でそう誓った。

家に入ると、俺たちは静かに故人に向かって手を合わせた。

故人の名は米村チエ。年齢は九十四歳。死因は、肺炎だ。

故人の娘である百合子が、高級な香りの湯気が立ち上る湯呑を俺たちに差し出した。

「お母さん、とても穏やかな顔で眠っていらっしゃいますね」

どこで覚えたのか、高梨が驚くほどきれいな言葉遣いで百合子に話しかけた。

「ええ。それが私にとって一番の救いです」

「確か、お母さんは認知症を患っていらっしゃったとか……」

言葉遣いこそきれいだが、高梨は最悪のことを口にした。近所の噂話を遺族に対してするなんて、こいつはバカにもほどがある。

「ええ、そうなんですよ」

百合子は気を悪くした様子もなく、あっさりと高梨の無礼な発言を認めた。

「認知症って、家族のこともわからなくなっちまうんっすか？」

早くもここの空気に慣れ始めた高梨の口から、「最悪の言葉遣い」の「最悪の内容」が飛び出した。しかし百合子は嫌な表情ひとつ見せず、チエの方に顔を向けた。

「ええ。母は一年ほど前から認知症を患い、私のこともわからなくなってしまいました」

意外に思ったことは、そう話す百合子が、ちっとも悲しそうに見えなかったことだ。母親が自分のことさえもわからなくなってしまう。これ以上に寂しいことがあるだろうか。

百合子の話に頷きながら、俺たちはゆっくりと腰を上げた。遺族にとっては、どんな同情の言葉も、どんな慰めの言葉も、泡となって消えることを俺は知っている。いや、ただ消えるだけでなく、時としてそれが、人の心を切り裂く凶器にもなりえるということを、俺たちは忘れてはならない。俺たち葬儀屋にとっては、「何を言うか」よりも、「何を言わないか」の方が、格段に重要なのだ。

百合子と共に丁寧に湯灌を済ませ旅支度を整えると、ゆっくりとチエを棺に納めた。百合子は、白装束に身を包んだチエを暫しの間無言でみつめると、「ちょっと失礼します」と言って台所へと姿を消した。

高梨が化粧道具を片付けている間、チエを納棺する際に乱れたベッドのシーツを整えていると、シーツのしわを伸ばしていた俺の手に何やら硬いものが当たった。

「ん？　何かあるぞ」

俺は、シーツの下に手を入れた。指先で、その形を確認する。

「本みたいだな」

「え？　エロ本っすか？」

目を輝かせる高梨の頭を無言でひっぱたきながら、俺は百合子が席をはずしていることを確認し、ほっと胸をなでおろした。

シーツの下から出てきたのは、薄汚れた一冊のノートだった。

「何が書いてあるんすか？　財産の隠し場所とか？」

俺は、もう一発高梨の頭をひっぱたいた。

ちょうどそこへ、白いユリの花を挿した花瓶を手に、百合子が戻ってきた。

「この花、母が一番好きだった花なんです。だから私の名前も『百合子』なんですよ」

そう言いながら、百合子はチエの枕元に花瓶をそっと置いた。

「好きな」ではなく「好きだった」。「死」はその瞬間に、あらゆる表現を過去形に変える。当たり前のことだが、意識することなく自然に変化するこの言葉の形が、俺の心にはいつも切なく響いていた。

「あの、シーツの下にこれがありましたよ」

俺は花の向きを整えている百合子に、そっとノートを差し出した。中身を知りたくてたまらない高梨の目は、ノートの行く先を懸命に追っている。

「何でしょう？」

小さく首を傾げながら百合子がノートを受け取ろうとしたとき、玄関のチャイムが来客の存在を告げた。

「あ、すみません。ちょっと失礼します」

急いで玄関に向かう百合子の背中を追うように、「これ、見ていいっすか？」と声をかける高梨。無言のまま曖昧な笑顔をちょっと傾け、百合子は玄関の方へと姿を消した。誰が見ても、これは「ＮＯ」という意味だと解釈するだろう。だが、高梨は違った。

「やった！『見ていい』だって」

高梨は俺の手から素早くノートを奪い取ると、宝の地図を見る子どものような顔でノートを開いた。全く、あきれた奴だ。

「ええと……」

ノートの一ページを見始めた高梨の笑顔が、みるみるうちに消えていった。二ページ、三ページと、次から次にページを捲る高梨。

「おい、どうした？　何が書いてある？」

高梨の異変に、俺もノートの中が気になってたまらなくなった。

「水島さん、これ……」

ノートを差し出した高梨の手が、小さく震えている。俺はノートを受け取ると眼鏡をはずし、目を細めて高梨が示す文章に焦点を定めた。

《十一月二十日（日）雨
百合子が、大根のおかゆを作ってくれた。とても、おいしかった》

「これがどうした。ただの日記じゃないか」

俺はノートを閉じると、無造作に高梨の胸に押し付けた。

「ただの日記なんかじゃないっすよ」

高梨は珍しく強い口調で、ノートを俺に押し返した。俺は高梨の真剣な様子に気圧されるように、次の文章に視線を戻した。

《十一月二十一日（月）雪
昨日の雨が、雪に変わった。百合子が窓から雪を見ている。この子は昔から、雪が好きだった》

俺は顔を上げ、記憶を巻き戻した。

十一月二十一日は、俺の誕生日だ。

昨年の誕生日、ボサボサに伸びた髪を切ってすっきりしようとした俺は、月曜日は床屋は休みだと高梨に教えられた。一度切りたいと思ったら、もう何が何でも切らなければ気がすまないというのが俺の性格だ。俺は「理容専門学校に通っていた」という高梨の言葉を信じ、こいつに散髪を任せた。

だが……。

俺の頭は、もう少し、もう少し、と切られるうちに、ほぼ「坊主」になってしまったのだ。高梨の言葉を信じた俺がバカだったと、心底後悔したものだ。

だから、昨年の十一月二十一日が月曜日だったということを、俺は、はっきりと覚えていた。

（この日記が書かれたのは、一ヶ月ちょっと前か……）

そう思った瞬間、俺は全身に鳥肌が立つのを感じた。

「確かチエさんは、一年前から認知症を患っていたと言っていたよな？」

俺の問いに、高梨が黙って頷く。

俺は、むさぼるようにページをめくった。三ページ目、四ページ目……。日記は毎日、途切れることなく書かれている。ノートの三分の一ほどで、日記は終わっていた。

《一月七日（土）雪
今日は百合子が七草粥を作ってくれた。年を越せて、もう一度百合子の七草粥を食べることができて嬉しかった》

震える字で書かれた文章。これが、チエの最後の日記だった。

「これ、四日前の日記じゃないか」

俺は放心状態で立ち尽くした。

「そうなんっすよ。でも何ででしょうね？」

「何が？」

「いや、何でチエさんは、認知症のふりなんかしてたんっすかね」

高梨の言葉に、俺は、こいつと自分の違いを思い知らされた。

チエの日記を見て俺がまず思ったのは、「チエは本当は認知症ではなかった」ということだった。高梨のようにチエの心の声に耳を傾けようとすることなく、事実だけが先行していた自分が、恥ずかしくなる。

（お前は、どう思う？）

そう高梨に聞こうとしたとき、玄関から、百合子が客に別れを告げる声が聞こえた。俺はノートを閉じると、高梨に差し出した。

「お前から、彼女に渡せ」

「へ？　何でですか？」

「チエさんが認知症のふりをしていたって、お前が気付いたんだろう。だからだ」

「嫌ですよ、そんな重い役。それに……」

「それに？」

「このことを知って、百合子さんは喜ぶんですかねぇ？」

高梨は、俺の手に握られたノートに視線を落とし、独り言のように呟いた。

「どういう意味だ？」

「いや、知らない方が幸せな事実もあるってことっすよ。同じことでも、人によって『知れてよかった』と思ったり、『知らない方がよかった』と思ったり、いろいろじゃないんっすか？　俺たちにその気持ちを判断するのって、難しいと思うんっすけど」

なるほど。こいつの言う通りかもしれない。知って辛くなる事実なら、知らない方がマシな場合もありうる。百合子にとってこの事実は、どちらに当たるのだろうか。考えながら、高梨の顔にそっと視線を移してみる。暫く考えた後、高梨はゆっくりと口を開いた。

「でも……」

少し赤らんだ顔で、高梨は言葉をつないだ。

「やっぱり百合子さんは、この事実を知るべきだと思います」

きっぱりとそう言い切った高梨が、俺には、直視できないほど眩しく見えた。

その時、百合子が部屋に戻ってきた。気丈に振る舞ってはいるが、その目には、行き場のない悲しみと疲れが浮き出ていた。

「すみません。今日のお通夜の時間を、近所の方が聞きに来られたんです。あ、ところで、そのノートには何が書いてありましたか？」

百合子は、高梨の手に握られたノートに目をやった。

「あ、これは、あの、その……」

言いよどむ高梨を、俺は黙って見守った。こいつに全てを任せよう。俺はそう心に決めていた。暫しの沈黙の後、高梨は意を決したように口を開いた。

「チエさんの日記でした」

そう言うと、高梨は座るよう百合子に右手で促した。人の家であるということを、こいつは完全に忘れている。こたつに入り、湯気が完全に消えたお茶を一口飲むと、高梨は再び口を開いた。

「チエさんは、百合子さんのことを忘れてなんかいないっす」

百合子の瞳が、わずかに揺れる。

「この日記に書いてありました。百合子さんが作ったおかゆがおいしかったとか、百合子さんが生けてくれた花がきれいだったとか、百合子さんが風邪をひいたようなので心配だとか……。とにかく、百合子さんのことばっかり書いてあるんすよ。死ぬ、四日前まで」

高梨は声を詰まらせた。

(こいつ、泣くな)

そう思った瞬間、高梨の顔が汚く歪んだ。

「チエさんは、百合子さんのことを忘れてなんかいなかったんすよ。よかったっすねぇ」

泣きながら「よかった、よかった」と繰り返す高梨に優しい瞳を向けると、百合子は静かに口を開いた。

「知っていましたよ」

「へっ？」

高梨は間の抜けた声を出した。俺も予想外の百合子の言葉に、耳を疑った。

「母が認知症のふりをしているということには、なんとなく気付いていました」

そう言うと百合子は席を立ち、湧いたばかりの湯を急須に入れて戻ってきた。そして俺の湯呑、高梨の湯呑、そして自分の湯呑の順にお茶を注ぐと、温まっていく湯呑を両手で包み込んだ。

「一年ほど前のある日、母は私に向かって、『お宅はどちらさまですか？』と聞きました。その時のショックといったら、言葉では言い表せないほどでした。最初は冗談だと思いましたが、徐々にそれが、その場限りの冗談ではないということがわかってきました。さっき食べたのに昼食を催促したり、目を離したすきに外に出て行ってしまったり……。それに、娘の私に向かって『ご親切に、どうもありがとうございます』なんて言うんですよ。母が私のことさえもわからなくなってしまった。そんな残酷な状況の中でも、私は母と毎日顔を合わせなければなりません。他人行儀な母の世話を毎日続けていた私の心は、本当にボロボロでした。辛くて、悲しくて、寂しくて……、心が壊れてしまいそうでした」

言葉を切ると、百合子はお茶を一口飲んだ。同じタイミングで、高梨も汚い音をたててお茶を飲んだ。

「でも、ある日気付いたんです」

百合子は、湯呑をそっと机に戻した。

「母が、認知症のふりをしているということに」

俺はそっと、チエの方に目をやった。穏やかな表情で眠るチエ。彼女は何のために、認知症のふりなんかしたのだろうか。なぜ最後まで、百合子の母親として生きなかったのだろうか。俺には、その答えが全くわからなかった。

「でも、どうしてチエさんが認知症のふりをしてるって、わかったんすか？」

高梨が袖で涙を拭いながら百合子に尋ねた。

「私を見る目が、昔のままだったからです」

「百合子さんのことがわかっていた時と、同じだったってことっすか？」

「ええ。『お宅はどちらさま？』と私に聞く時、母の瞳はいつもわずかに揺れるのです。他の人は気付かないかもしれませんが、娘である私にはわかります。それに……」

「それに？」

「私が何日間か体調を崩していたある日、母が私に向かって『具合はいかがですか?』と聞いたのです。そう聞くということは、その前日までの私の体調を覚えているということでしょう? 他人行儀な言葉遣いをしていても、母はやはり私の母だったのです」

俺は、何も言うことができなかった。

「でも、チエさんは、どうして認知症のふりなんかしたんすかね?」

高梨の無遠慮な質問は、俺が一番気になっていたことに辿り着いた。

「それは、きっと私のためだと思います」

百合子は迷わず答えた。

「百合子さんの?」

オウム返しに尋ねる高梨。

「ええ。母と私は、親子であり、姉妹であり、そして親友でした。前世でも親子だったのではないかと思うほど、相性がいいというか……。とにかく、母は私を自分以上に愛してくれ、そして私もまた、母を自分以上に愛していました。母は自分より先に死んでしまう。物理的にどうしようもない現実を考えただけで、私は辛くてたまりませんでした。

だから母は認知症のふりをして、私の気持ちを少しでも自分から遠ざけようと思ったのでしょう。自分が死んだ時に私が壊れてしまわないように、自分の死期を感じた時から、一年をかけて準備をしていたのです。そのことに気付いた私は、このまま母の嘘に気付かないふりをしていこうと心に決めました」

「親子愛って、すごいっすね」

高梨は鼻をかみながら俺を見た。俺は、黙ったまま頷いた。

百合子の話に、言葉が何も出てこなかった。母は娘のために嘘をつき、そして娘もまた、母のために嘘をついた。自分の辛い気持ちを心の奥にしまいこみ、ただ相手のためを思ってついた嘘。こんな優しい嘘なら、きっと神様も許してくれるだろう。

「ん？　ノートの最後のページに、何か書いてあるっすよ」

ノートをパラパラとめくっていた高梨が、最後のページに書かれている短い文章を発見した。しばらくの間、眉間に皺を寄せて文字を目で追っていた高梨は、天を仰ぐと黙ったままノートを百合子に差し出した。百合子は小さく首を傾げながらノートを受け取ると、高梨に示された文章に目をやった。その文章を読んだ百合子の瞳からみるみるうちに涙があふれ、ノートの上にぽたぽたと落ちた。百合子は華奢な肩を小刻みに震わせ、手で口を覆い、嗚咽を漏らしながら泣き続けた。俺はそっと、ノートに書かれている文字を目で追った。そこには、震える弱弱しい字で、こう書いてあった。

《百合子、最後までお母さんの嘘に気付かないふりをしてくれて、ありがとう》

「親子愛って、本当にすごいっすね。何か、衝撃的だったっすよ、あの最後のページは」

会社へ戻る車の中で、高梨はまた、思い出し泣きを始めた。チエの体をできるだけ揺らさぬよう、俺は可能な限り丁寧な運転をしていた。

「そうだな。でもお前、よく最後のページを開いてみたな」

「本当に言いたいことは、人目に触れないところに書くんっすよ。俺、中学生の頃好きな女子と交換日記してたんすけどね、そのノートの最後のページに『お前が好きだ』って小さく書いてたんっすよ。いつか、気付いてくれればいいかなぁって思って。まあ、彼女は最後まで気付かないで、他の男と付き合い始めたんすけどね」

そう言うと、高梨はおどけたように首をすくめた。その女は男を見る目がないな、と思ったが、口には出さなかった。

「でも、母親に嘘なんてつけないんっすね。百合子さんが自分の嘘に嘘で応えていることに、チエさんはちゃんと気付いてたんっすから。

俺も、そんなことがあったなぁ。高校の頃、俺、学校をずる休みしたことがあったんすよね。母親に何も言わないで、川原をぶらぶらしてたんっす。そしたら携帯に、『あんた、今、どこにいるの！』って、鬼みたいな声で母親から電話がかかってきたんっすよ。学校をずる休みするなんて一言も言ってなかったのに、不思議だと思いませんか?」

本当に不思議だというように、高梨は頭をかきながら首を傾《かし》げた。

「それは当り前だ」

俺はそう言うと、ゆっくりとアクセルを踏み込んだ。


午後七時。故　米村チエの通夜が始まった。司会者の席には、白い手袋をはめた高梨が立っている。今回が二度目の担当だが、前回と同じく不安げな表情だ。

「故　米村チエ様はユリの花が大好きでした」

静かな曲と共に、故人の生涯が流れ始める。

「だからチエさんは、娘さんを『百合子』と名付けました」

俺は百合子に目をやった。少し驚いたような表情で高梨をみつめる百合子。型にはまっていない、いや、オリジナリティあふれすぎる高梨の司会に驚くのは当然だろう。

『故人の人生を、自分の言葉で伝えろ』

これも、社長の方針だった。

「白いユリの花言葉は、『清らかで汚れがない』です。素敵な花言葉だと思います。チエさんがどんなに百合子さんのことを愛していたか、みなさんにはわかりますか?」

参列者に質問を投げかける司会者なんて、そうはいない。俺が面食らったのだから、弔問客はなおさらだろう。

「私には……」

言葉を詰まらせる高梨。

高梨も俺も、あのノートを見た。だが、参列者は、あのノートのことを知らない。俺たちは知っているチエの百合子への愛を、ここにいるほとんどの人間が知らないのだ。

（高梨、俺は知っているぞ。チエさんがどんなに百合子さんのことを愛していたか）

俺は心の中で、高梨に向かって答えた。

「私には……」

高梨が鼻をすすりあげる。俺は、次の高梨の言葉を待った。きっと、あの最後のページのことを話すに違いない。暫しの沈黙の後、高梨の口がやっと動いた。

「私には、わかりません」

（は？）

想像していたものとは真逆の言葉が、高梨の口から飛び出した。

（なぜだ？　俺たちは、あの最後のページを見たじゃないか）

俺は、狐につままれたような気持ちになった。こいつの頭の中には、いや、こいつの心には、一体、どんな想いが渦巻いているのだろうか。

「一生懸命考えましたが、私は頭が悪いので、チエさんと百合子さんの親子愛をどんな言葉で言えばいいのか、わかりませんでした」

高梨の言葉に、俺は、全身の力が足から抜けていくのを感じていた。

《二人の親子愛は、言葉では語れない》

これ以上、愛の深さを語る表現方法が他にあるだろうか。言葉にするとちっぽけになってしまうものを、こいつは見事に守り抜いたのだ。拙い文章、拙い表現、拙い話し方。そう思っていた高梨の司会は、この職について何年も経つ俺以上に、心に響く不思議な力を持っていた。純粋な心は、頭で考えたどんなに優れた表現よりも、人の心に優しく響く。

「私もチエさんや百合子さんのように、ただ純粋に誰かを愛せる人間になりたいです」

こうして、故人の生涯は締めくくられた。最後まで、高梨の口から、あの「最後のページ」について語られることはなかった。


通夜式の後、高梨が珍しく神妙な面持ちで俺のところにやってきた。

「水島さん、すんませんでした」

「は?」

頭を下げる高梨。こいつは、何を謝っているのだろうと首を傾げた。あぁ、もしかして、今日の昼に俺の分のあんパンを食べたことを謝りに来たのか。

「別に、いいんだ。おまえも、腹がへっていたんだろう?」

「は?」

今度は、高梨の頭の上に疑問符が並んだ。

「いや、ほら、今日の昼、俺の分のあんパンを食っちまったことを謝ってるんじゃないのか?」

「へ? あのあんパン、水島さんのだったんっすか?」

高梨のアホ面に、今すぐこいつの口に手をつっこんで、俺のあんパンを取り返したい気持ちにかられた。だが、俺も大人だ。怒りをグッとこらえる。

「それなら、何を謝ってるんだ?」

疑問を正直に言葉に乗せる。初めから、こうしておけばよかった。

「いや、その、今日の通夜のことなんっすけど……」

「今日の通夜? あぁ、お前の涙腺がまたこわれたことか?」

からかうように言ってみる。

「いや、そうじゃなくて……」

「もう、なんなんだ。はっきり言え」

叱られる子どものようにもじもじしながら、高梨がポツリと言った。

「俺、チエさんと百合子さんの愛の深さを、言葉にすることができませんでした」

「……」

「あの最後のページのこと、やっぱり話せなかったんっすよ。原稿には書いてたんっすよ、ちゃんと。でも、あの場所に立って、チエさんの写真を見てたら、言えなくなったんっすよね」

「それじゃ、『二人の愛の深さを、どんな言葉で言えばいいのかわからない』と言ったのは？」

「あれは、口が勝手に動いたっていうか……。自分が書いた原稿なのに、なんかしっくりこなくて、そのまんま言えなくて。だから、『わからない』なんて言っちゃって。原稿に書いてた通り読んでたら、もう少しはいい通夜になったんじゃないかって……」

「バカ野郎！」

俺の怒声に、高梨が「ひゃっ」と小さく悲鳴をあげて縮こまった。怯えたように上目づかいで俺を見る高梨。小さく咳払いすると、俺は高梨を鋭い目つきで睨みつけた。

「お前、今日の通夜の進行を後悔しているのか？」

「え、いや……」

「そんな気持ちを抱くなんて、故人や遺族に失礼だ。そんな気持ちで通夜をするくらいなら、葬儀屋なんかやめちまえ！」

大きく見開かれた高梨の目から、大粒の涙がこぼれる。そんな高梨から、俺はため息をつきながら視線をそらした。

「すんませんでした」

消え入りそうな声で高梨が言う。

「俺は、葬儀屋には向いてないみたいっすね」

寂しそうな笑顔を見せると、高梨は俺に背中を向けた。

「どこへ行くんだ？」

「俺、ここを辞めます」

「なんだと？」

今時は転職を繰り返す若者が多いと聞いてはいたが、まさか本当に「辞める」と言い出すなんて思いもしなかった。

「俺には、向いてないみたいっすから。ほら、こんなに涙が出てくるし」

泣き笑いのような表情で振り返った高梨の胸倉を、俺は思い切り掴み上げた。

「そんな中途半端な気持ちで、この職を選んだのか？」

足が宙に浮いたような状態で、高梨が必死に首を横に振る。

「たった二回担当をしただけで、向いてるとか向いてないとか、生意気なこと言ってんじゃねぇ！」

「……」

「俺が怒っているのは、今日の通夜の内容じゃない」

俺は右手の力を緩めた。

「お前の心が、機械的になっているのを怒っているんだ」

「キカイテキ？」

外国人のような片言で、高梨が繰り返す。

「心がロボットみたいになってきていると言っているんだ。お前、言ったよな？『原稿通り読んでいたら、いい通夜になったんじゃないか』って」

高梨が、小さく頷く。

「いい通夜って、なんだ？」

「……」

「お前の言う、『いい通夜』ってのは、なんなんだ？」

「それは……」

「原稿通りに読むことか?」

「……」

「書かれた原稿通りなら、サルでも読める」

「サルは読めないっすよ」

真面目な顔で、高梨が訴える。

「アホか、お前は」

小さく舌打ちをして、ふと窓の外に目をやる。先ほどまで降っていた雨が、いつのまにかやんでいた。雨に濡れた木々の葉っぱが、過ぎ去った台風の残像のように横に揺れている。

「今日の通夜は、あれでよかったと俺は思う」

窓に顔を向けたまま、高梨に語りかける。

「通夜の最中に原稿通り読めなくなった。これは、お前の心がちゃんと生きている証拠だ。ただ原稿を読むだけなら、誰にでもできる」

「……」

「俺たち葬儀屋にとって一番大切なこと、それが何かわかるか?」

首を傾《かし》げ、眉間に皺を寄せて考える高梨。それから、ひらめいたというように目を見開くと、大きな声でこう言った。

「高齢化社会の中、少しでも多く儲けることです」

「バカ野郎！」

一日に二度も「バカ野郎！」と叫んだのは、生まれて初めてかもしれない。またも縮こまる高梨。今の俺は、高梨の目には「鬼」と映っているに違いない。いや、今だけでなく、こいつにとって俺はいつも、「鬼」そのものだろう。

俺は以前、「お前は台風のような男だ」と社長に言われたことがある。一見乱暴で荒々しいが、その核となるものは静かで繊細だと、俺という人間を、「台風」というたった二文字で的確に表したのだ。そんな俺の「台風の目」の部分が、ニョキニョキと動き出す。

「俺たち葬儀屋にとって一番大切なことは、故人と遺族に心で寄り添うことだ」

神妙な面持ちで、高梨が首を縦に振る。

「今日、お前が原稿にはない言葉を口にしたのは、チエさんと百合子さんに、お前のありのままの心を寄り添わせた結果じゃないのか？」

「……」

「人の死に慣れ、心が死んでしまった人間。葬儀屋に向いていない人間とは、そんな人間だ」

　そう、この俺のようにな、と心の中で付け足す。

「もう二度と、『自分は葬儀屋に向いてない』なんて軽々しく口にするんじゃねぇ。たった二回担当をしただけで辞められちまったら、俺の面接官としての目が節穴だったってことになっちまうからな。少しは俺の立場も考えろ」

「はい……」

　涙をぽろぽろと流しながら頷く高梨の肩を軽く叩くと、俺は久々に清々しい気持ちで事務室を後にした。

三　忍び寄る恐怖

最近、妙に気だるい日が続く。仕事に支障はない程度のだるさだが、こんなことは初めてだ。俺も歳をとったものだと、つくづく思ってしまう。

ある日、葬儀を終えて、いつものようにコーヒーを飲んでいるとき、高梨は独り言のように呟いた。

「人は死ぬのに、どうして生まれてくるんっすかねぇ」

いつになく真剣な横顔の高梨に、俺は言葉を返した。

「お前、『生まれてきてよかった』って思うか?」

「そうっすねぇ。そんなこと、真剣に考えたことなんかなかったっすけど……。酒飲んでる時とか、友達とわいわいやってる時とかすげえ笑っていられるんで、『楽しい』とか『嬉しい』イコール『生まれてきてよかった』ってことになるんすかねぇ」

「そういうことを経験するために、生まれてくるんじゃないのか?」

俺はそう言ったが、高梨は納得できないといった表情を浮かべた。

「それじゃあ、小さい時に親に殺される子どもとか、貧しい国に生まれて一生空腹とか病気とかと闘わなきゃいけない人とか、『楽しい』とか『嬉しい』とか何も経験できないまま死んでいく人は、何のために生まれてくるんっすか?」

「そ、それは……」

「神様は平等ってよく言うけど、俺は、そうは思わないっす。完全に不公平っすよ、この世の中は」

こいつ、意外としっかり考えているんだな、と俺は思った。

「でも……」

高梨はまだ思案顔で言葉をつないだ。

「人は生まれてくるのに、どうして死ぬんっすかねぇ」

誰に答えを求めるでもない高梨の宙に浮いた瞳が、今、何を見ているのか、俺は知りたくてたまらなくなった。

「お前は、どう思う?」

「そんなこと、わからないっすよ。だって俺、学校の成績はいつもケツから三番目くらいだったっすから」

(ケツから三番目ならいいじゃないか。俺は、お前は絶対にケツだと思ってたぞ)

心の中で、そうつっこみを入れる。

「『生』とか『死』を考えるのに、学校の成績なんか関係ない。頭で考えるな。心で感じろ」

左胸を拳で軽く叩く俺を、高梨は目を細めて見た。

「お、水島さん、今日はすげぇ格好いいじゃないっすか」

「今日も、だ」

そう言って笑おうとしたが、下腹部の鈍痛が顔をこわばらせた。

「水島さん、どうしたんっすか?」

俺の異変を敏感に感じ取った高梨が、心配そうに俺の顔を覗き込む。

「いや、何でもない。ちょっと、食いすぎたかな」

俺は無理やり笑顔をつくり、高梨に背を向けた。

「水島さん、無理したらダメっすよ」

高梨の声が、俺の背を追う。こいつは俺を心配してくれるのだと思うと、ちょっと嬉しくなる。

「もう年なんだから」

間髪入れずに続いたこの余計なひと言が、今の俺にとっては、ありがたくさえ感じられた。

最近、この下腹部の鈍痛が頻繁に起こる。不規則な仕事の疲れがたまっているのだろうと初めは軽く考えていたが、どうもそんなことではないようだ。

病院に行ったわけではない。子どもの頃から、俺は病院が嫌いだった。注射を手に微笑む看護師が、俺には「白衣の悪魔」に見える。人の腕に平気で針を刺せるなんて、どうかしていると俺は思う。だから俺は、死んでも病院には行かないと決めていた。

だが、自分の体のことは自分が一番よくわかる。俺ももう、長くないのかもしれない。そんなことを、最近ふと思うようになった。酒を飲みすぎたか、煙草を吸いすぎたか、それとも、女を抱きすぎたか……。いや、三つ目はむしろ寿命を延ばすはずだろうと自嘲しながらも、俺は音もなく忍び寄る恐怖に、日々怯えていた。

そう。この仕事をしながらも、俺は「死」が怖いのだ。

俺たちは毎日「死」と向き合い、遺族の話や遺品によって「死」の背景にあるものを感じ取っている。言ってみれば、俺たち葬儀屋は、「死」に最も近い職業と言えるだろう。

だが、いや、「だから」だろうか。俺は、自分の「死」が怖い。もう二度と目を覚ますことがない眠りに就く瞬間、人は何を感じるのだろうか。それを知りたくて、俺はあの時、高梨に答えを求めたのだ。

《人は生まれてくるのに、どうして死ぬのか》

高梨の答えを聞くことができたら、俺はそれほど「死」が怖くなくなるような気がしていた。

葬儀屋になってもう二十年近くになるのに、俺はまだこの答えを見つけきれないでいる。そんな俺が、ここに就職してまだ一年あまりの高梨に答えを求めたのは、藁にもすがりたい思いだったからではない。例え今、ここに百人のベテラン葬儀屋がいたとしても、俺はその中から迷わず高梨を選ぶだろう。高梨には、そんな不思議な「何か」があった。

(高梨、教えてくれ。人はなぜ死ぬのか。誰のために、命の灯を消すのか。教えてくれ。俺が死ぬ前に、必ず……)

四　泣かない未亡人

「本日はどうぞ、よろしくお願いいたします」

今回の葬儀の喪主である詩織が、俺たちに向かって深々と頭を下げた。

今日の亡き人は、詩織の夫、向坂哲雄。年齢は、四十五歳、死因は胃癌だ。

詩織の年齢は、三十代後半くらいだろうか。まだ若々しく美しいその顔立ちに、俺は暫く見惚れてしまった。妻に先立たれて以来、本気で誰かを愛したことはない。だが、何歳になっても、魅力的な女性には簡単に心が動いてしまう。全く、男という生き物は何て情けないものなのだろう。薄く口紅をひいた唇からこぼれる彼女の言葉が、俺にはまるで宝石のように輝いて見えた。

「では、私はあちらにおりますので」

そう言うと、詩織は二人の子どもの背を押すようにして控え室へと姿を消した。女の子は小学一年生くらい、男の子は、やっと幼稚園に入ったばかりくらいだろうか。彼女はこれから、女手一つであの子たちを育てていかなければならないのかと思うと、俺の中に残っているわずかな優しさが、ごそごそと蠢いた。

「あの人、美人だけど何か冷たいっすね」

横にいた高梨が、詩織の後ろ姿を見送りながら小声で耳打ちした。

「何でだ？」

詩織のことをけなされたことに意味もなくムッとし、俺は高梨を睨んだ。

「えっ？　あぁ、いや……。旦那さんが亡くなったっていうのに、あの人、全然涙を流さないから……。普通、あんなに若くして旦那さんを亡くしたら、悲しくてたまらないでしょう？　幼い子どももいるし……。それなのに、涙一粒流さないなんて、あの人の心はどうなってるんっすかねぇ」

彼女が涙を流さないことには、俺も気が付いていた。この年代のご主人を亡くした未亡人は、大抵涙を流し、衰弱した表情で通夜や葬儀に臨む。だが詩織の場合、病院に故人を迎えに行った時も、通夜・葬儀の打ち合わせをした時も、表情を崩すことは一度もなかった。

「あまりのショックに、涙も出てこないんだろう。落ち着いて感情が生き返ったら、涙も出てくるさ」

俺は詩織を庇うように言った。そんな俺の気持ちを、高梨が見逃すはずがない。こんなことに関しては、こいつの勘の鋭さは天下一品なのだ。高梨は唇の左端をやや上げ、からかうように俺を肘でつついてきた。

「あれれ？　水島さん、あの人に関しちゃ、何かすげぇ優しいんすね。もしかして、あの人に惚れちゃってるんっすか？」

（あながち、間違ってもいない）

そう思いながら、俺は高梨の肘を軽く払いのけた。

「アホか。そんなことあるわけないだろう」

年がいもなく赤面していることに気付かれぬよう、俺は高梨に背を向け通夜の準備に向かった。


現職の銀行マンだった哲雄の通夜には、大勢の弔問客が訪れた。一番大きな会場を準備していたが、それでも人があふれる有り様だった。

「こんなに繁盛するの、初めてっすね」

俺の耳元で囁く高梨。「繁盛」という言葉の意味をこいつは知らないのか、と呆れ顔で高梨を見たが、高梨の視線は既に俺から外れていた。

「水島さん、あの子、かわいいっすね」

恐らく哲雄の後輩だろう。喪服に身を包んだすらりとした若い女性に、高梨の視線は釘付けだった。喪服は、女性の美しさを引き出す不思議な力を持っている。彼女も私服に着替えたら、きっと普通の女の子に戻るだろう。

俺の視線は、無意識に詩織の姿を追っていた。通夜の間も、詩織は涙一粒こぼすことなく、次々と訪れる弔問客に丁寧に挨拶をしていた。そのひとつ、ひとつの仕草の美しさに、俺は「大和撫子」という言葉を久々に思い出した。

次の日、葬儀が始まる前、哲雄の棺の前で詩織は幼い子ども二人に向かって膝を折った。

「いい？　今日はお父さんとのお別れの日なの。最後の日よ。二人とも、お葬式の間、お父さんに心の中で『ありがとう』をたくさん言うのよ」

恐らく二人は、まだ「死」というものの意味を知らない。だが母親の真剣な表情に二人は頬を引き締め、大きく頷いた。

（彼女は、幼い子どもたちにも真実を話すんだな）

俺は詩織に手を引かれて控え室に戻る子どもたちの後ろ姿を見送りながら、そう思った。「パパは眠っている」とか、「お星さまになった」ではなく、はっきりと「お別れの日」と言った詩織の背中が、俺にはとても大きく見えた。

しめやかに、葬儀が始まった。静かな会場に、多くの人のすすり泣きが響く。俺は詩織の顔が見える位置に立ち、式を見守った。

弔辞をいただくのは、哲雄と同じ銀行に勤める若い男だった。泣きはらした目から次々とあふれる涙をぬぐいもせず、彼は微笑む哲雄の遺影に向かった。

「私が入行したとき、一番最初に話しかけてくださったのは向坂さんです」

震える声で、彼は弔辞を読み始めた。

「私が悩んでいるとき、一番最初に気付いてくださったのも、向坂さんです」

彼の言葉、彼の涙に、会場のすすり泣きはますます大きくなった。俺も、胸にグッとくるものがあった。もちろん、高梨は仕事も忘れて号泣している。

「向坂さん一家は、私にとって心の支えでした」

そう言って言葉を詰まらせた彼は、震える手元から詩織の方へと視線を移した。彼の目からは、滝のように涙が流れ続けている。俺はチラリと詩織に目をやった。相変わらず、詩織の目には涙ひとつ浮かんでいない。彼を見守るように、穏やかな眼差しを彼に向けている。

(何なんだ、この女は)

気丈すぎる態度に半ば呆れかけた時、詩織の口がわずかに動いた。

(ん？　何と言っているんだ？)

俺は、詩織の口元に焦点を定めた。ちょうど焦点が定まった時、再び詩織の口が動いた。

一文字、一文字、ゆっくりと動く彼女の口を、俺は目を細めて読んだ。

〝が・ん・ば・れ〟

目を疑った。見間違いかと思った。だが、見間違いではなかった。彼女の口は、もう一度〝がんばれ〟と繰り返した。嗚咽で言葉をつなぐことができない彼を、詩織は応援しているのだ。普通、「がんばれ」と言われる立場にある彼女が、「がんばれ」と誰かを励ましている。こんな光景を目にしたのは、この職に就いて初めてのことだった。

詩織に励まされた彼は、嗚咽を漏らしながら、やっとの様子で弔辞を読み終えた。詩織はそんな彼に、深々と頭を下げた。

式が終わると、高梨はすぐに俺に近付いてきた。

「水島さん、見ました？　あの人、『がんばれ』って言ってましたよね？　弔辞を読んでいる人に向かって」

「お前も気付いたか？」

「当たり前っすよ。水島さんが惚れた女がどんな人か、気になりますからね」

「バカ野郎」

俺は、薄ら笑いを浮かべる高梨を睨みつけた。

「あ、来ましたよ。水島さんの、か・の・じょ」

耳元で甘く囁く高梨をもう一度睨みつけ、俺は挨拶をするために詩織の方へ歩み寄った。

「向坂さん、お疲れになったでしょう?」

高梨と話している時の声とは真逆の優しいトーンで、俺は詩織に話しかけた。隣で、高梨が露骨な呆れ顔を俺に向けている。

「いえ。この度は大変お世話さまになりまして、ありがとうございました」

詩織は、丁寧に頭を下げた。

「向坂さん」

突然、高梨が口を開いた。

(こいつ、もしかして……)

止める間もなく、高梨の口から、最悪の言葉が飛び出した。

「どうして、泣かないんですか?」

「えっ?」

詩織は、驚いたように目を見開いた。当然だろう。葬儀屋に「なぜ泣かないのか」と聞かれるなんて、普通はありえない。本を読む以上に空気を読むことが苦手な高梨は、更に無神経な言葉を重ねた。

「ご主人が若くして亡くなったのに、悲しくないんですか?」

（バカ野郎！）

俺は心の中で、何度もこいつに罵声を浴びせた。詩織がこのことを社長に言いつけたりしたら、高梨の首は完全に飛ぶ。遺族の心を癒すことも大切な仕事のひとつである葬儀屋が、遺族の心を乱すようなことを言ってどうする。俺は頭に血が昇るのを感じながら、恐る恐る詩織の方を見た。詩織は、両手でハンカチをきつく握りしめている。怒り出すか、それとも、泣き出すか……。どちらにしても最悪だ。そう思った時、詩織はつま先に落としていた視線をゆっくりと上げ、静かに口を開いた。

「それでも、私たちは生きていかなければなりませんので」

そう言うと詩織は俺たちに深々と頭を下げ、霊柩車が待つエントランスへと足を向けた。俺と高梨は、黙ったまま詩織の後ろ姿を見送った。

後から、親族の人に話を聞いた。

哲雄の病気が胃癌であることを告知されたのは三年前。暫くは通院生活を送っていたが、二年ほど前から入院生活が始まった。

手術代、薬代、部屋代、食事代……。入院生活には、多大な出費がかかる。このままでは貯金が底をつくと、専業主婦だった詩織は、お弁当屋さんでパートを始めた。朝、子どもたちを学校と幼稚園に送り出した後仕事に出かけ、夕方仕事が終わると、子どもたちを迎えに一旦家に戻り、そして病院へと向かった。面会可能時間の午後八時まで病院で過ごし、帰宅するのは九時近く。それから片付けや次の日の準備などをしていると、床に就くのはいつも日付が変わってからだった。そして五時には起床し、朝食の準備から、またいつもの一日が始まる。

精神的にも、肉体的にも、そして、金銭的にも、詩織は限界だった。これ以上哲雄の入院生活が続いたら、詩織まで倒れてしまう。周りがそう案じ始めた頃、哲雄は眠るように息を引き取ったそうだ。まるで、詩織を守るために死んだようだったと、親族は涙を流した。

哲雄が死んで、詩織は少しホッとしたのかもしれない。「生きる」ということは、綺麗ごとだけでは語ることができない大変なことだ。だから、もし詩織に、哲雄の死を待ち望む気持ちがほんの少しでもあったとしても、誰も責めることはできないだろう。

《それでも、私たちは生きていかなければなりませんので》

揺らぎのない瞳で俺たちにそう言った詩織。最愛の人の死を見届けた詩織の目の奥に、人間という生き物の「生」の強さが見えたような気がした。

五　告白

命は強いのか、それとも、もろいのか。

椅子の背もたれに全体重をかけ、天井を見ながら俺は考えた。今まで、たくさんの種類の「死」を見てきた。そしてそれと同時に、たくさんの種類の「生」も見てきた。高梨が面接の時に言った、「『死』はある意味、『生』に一番近い存在」という言葉が、俺の心の中に深く根付いていた。

「水島さん、何考えてるんっすか？」

かつては白かっただろう天井が、高梨のふざけた顔に消された。

「何だ、お前か。びっくりさせんじゃねぇ」

俺は体勢を元に戻すと、マグカップに口をつけた。安い豆の冷めたコーヒーからは旨味が逃げ、苦味だけが残っていた。思わず、しかめっ面になる。

「水島さん、また痛むんっすか？」

高梨が心配そうに俺の顔を覗き込んだ。最近も、ちょくちょく下腹部の痛みに襲われることを、こいつは知っている。

「いや、コーヒーがまずいだけだ」

俺はもう一口、苦い液体を胃袋に流し込んだ。

「ん？　お前、明日休み取るのか？」

壁に掛けられた勤務表が、ふと目に入った。この仕事は、休みの日が決まっていない。

「明日は葬儀がないから、明日休んどくか」といった感じで、その場その場で休暇を取る。休みは月に五日取れればマシな方。月に一、二日しか休めない時もあった。それは即ち、それだけ多くの命が失われているということを意味する。この町に葬儀社は一社しかなく、おまけに零細企業のため社員数は社長を含め八人ということを考えると、仕方のないことだろう。

今日、明日は珍しく一件も葬儀の予定がないため、俺も明日休みを取ろうと考えていたところだった。花まるで囲まれた、高梨の汚い「休」の文字の六つ上に、俺も「休」の文字を書き込んだ。

「あれ？　水島さんも明日休むんっすか？　一緒に休んじゃって、大丈夫ですかねぇ？」

仕事の心配をするなんて、こいつもずいぶん成長したものだ。

「気にすんな。明後日は友引だし、明日の夜に通夜が入ることもない。万が一、例外的に葬儀が舞い込んだとしても、残りの連中で何とかなるだろう」

「そうじゃなくて」

高梨は右手をひらひらと動かし、声を潜めた。

「一緒に休んだら、疑われちゃったりしないですかねぇ？」

「はぁ？」

俺には、こいつが言っている意味が、さっぱりわからなかった。

「だから……」

じれったそうに、高梨は眉を顰めた。

「水島さんと俺が、そんな関係じゃないかってことっすよ」

「アホか、お前は」

高梨の頭を軽くひっぱたきながら、俺はこいつのことが、いつの間にか「大切な存在」になりつつあることに気が付いた。出来が悪くてほっとけない、「息子」といったところだろうか。

「今日は七時にはあがれそうだ。どうだ？　一緒に飲みにでも行くか？」

次の日が休みの時でないと、夜、ゆっくり酒を飲むこともできない。俺は初めて、高梨を飲みに誘った。

「水島さん、もしかして俺のこと……」

上目遣いで俺を見、両手で胸を隠す高梨。俺は思わず吹き出してしまった。

「それじゃ、仕事が片付いたら一緒に出よう」

俺は立ち上がると、高梨の肩をポンポンと軽く叩いた。まだ幼さを感じさせる小さな八重歯をのぞかせながら、高梨が嬉しそうに頷いた。


今日は、高梨に大切なことを話そうと心に決めていた。そう、まだ誰にも話していない、俺の「余命」についてだ。初めての飲みの席で話すには重すぎる話だとわかってはいたが、高梨にだけは早目に話しておきたかった。

高梨はそんな重大な告白をされるとも知らず、俺の隣でおいしそうにビールを煽っている。やっぱりこんな暑い日は、ビールが一番うまい。

「はぁ～、うまいっすねぇ。仕事を頑張った後のビールは最高っすよ！」

高梨は早くも空になったジョッキを高く持ち上げ、「お姉ちゃん、おかわり！」と大声で叫んだ。「はいはい、ただいま」と、優しく微笑みながらジョッキを受け取る中年の女性。女性は何歳になっても「お姉ちゃん」と呼ばれると笑顔になるという高梨の理論は、あながち間違ってもいないようだ。

それにしても、こいつはよく食う。こんなに細い体のどこに入っていっているのかと不思議に思うくらい、高梨の口の中には次から次へと串焼きや焼き魚が吸い込まれていった。頬をパンパンにふくらませ、もぐもぐと口を動かす高梨を見ながら、

(こいつも、食いもんを口に入れたら、そんなふうに口を動かすことを知っているんだな)

と妙なことに感動し、更にこいつへの愛情がふつふつと湧いてくるような気がした。

「水島さんは、何でこの仕事に就いたんっすか?」

俺の分の焼き鳥に手を伸ばしながら、高梨が聞いた。何かのタレが、高梨の頬にほくろのように付いている。

(付いてるぞ)

そう伝えたくて、俺は自分の頬を高梨に向かってツンツンとつついた。普通は、これで気付くはずだ。だが、こいつは違った。

「何っすか、水島さん。ぶりっ子なんかしちゃって」

呆れて物も言えない。俺はおしぼりで、無造作に高梨の頬を拭いた。一瞬きょとんとした高梨が、やがて少年のように破顔した。大人が子どもに戻る瞬間は、何とも言えずかわいらしい。つい親心のようなものが芽生えてしまったが、次の高梨の一言で、その芽はあっという間に摘まれた。

「ありがと。ダーリン!」

両手を組み、小さく首を傾げる高梨。俺はそんな高梨を完全に無視して、ジョッキに半分ほど残っていたビールを一気に飲み干した。

「いや～ん、怒っちゃ、やあよ」

俺の肩にしなだれかかる高梨に、俺はギョッとした。

「高梨、お前もしかして……」

俺の告白の前に、こいつの方が重大なカミングアウトをするのではないだろうか。酒の力も加わり、俺の心拍数は急速に上がった。

（誰にも言わないから、話してみろ）

心の中で何度か練習し、いよいよ口に出そうとした時、高梨のボサボサ頭が俺の頬からすっと離れた。

「何言ってるんっすか。そんなわけないじゃないっすか」

あっさりとした様子でそう言い、何事もなかったように、また俺の焼き鳥に手を伸ばす高梨。全く、こいつにはいつもからかわれているような気がする。たとえ鳥の糞がこいつの頬に付いていたとしても、絶対に拭いてあげるもんかと俺は心に誓った。

「水島さん、結婚してるんすか？」

さっきの質問に答えていないのに、高梨は次の質問を俺に投げかけた。こいつはきっと、俺のことなんか全く興味がないのだろう。

「俺、いっつも水島さんと一緒にいるのに、水島さんのこと、何にも知らないんっすよね。さそり座のB型っていうのは知ってるんっすけど」

どこでそんな情報を仕入れたのか。こいつは俺に関する情報を、どうでもいいことから順に知っているのかもしれない。

「あ、あと、水島さんが、すごい寂しがり屋だっていうのも知ってますよ」

ニヤニヤする高梨を、俺はギロッと睨んだ。

「それを、誰に聞いた?」

顔を赤くして笑う高梨には、もはや俺の「睨み」は通用しない。

「そんなこと、誰に聞かなくてもわかりますよ。水島さんを見てりゃ、一目瞭然でしょ」

怒りよりも、こいつが「一目瞭然」という四文字熟語を知っていたことに、俺は小さな感動を覚えた。いや、それよりも……。

「俺の、どこがそんなふうに見えるんだ?」

俺はますます、こいつに対する興味が湧いてきた。

「どこがって言われても……」

高梨は指をなめながら視線を宙に泳がせた。

「そんなの、わかんないっすよ。俺が、そう感じただけなんっすから」

こいつの心には、一体どんなふうに俺の姿が映っているのだろうか。人の心を見るのは、「目」ではなく「心」であるということを、こいつは俺に教えてくれた。表情は作れるが、心は嘘をつくことができない。相手の心の笑顔や涙を心で感じること。俺たち葬儀屋にとっては、これこそが一番大切なことなのかもしれない。

飲み始めて二時間ほど経つと、高梨はぐでんぐでんに酔っぱらった。突然「へへっ」と笑ったり、隣に座るおやじをうっとりとした表情でみつめたり……。俺は「どうも、すみません」と周りに頭を下げ、

（全く、俺はこいつの父親かよ）

と自分につっこみを入れながら、口の奥で何度も舌打ちを繰り返していた。

でも、あのことを話すには、このくらい酔っぱらってくれていた方がいいのかもしれない。明日、こいつが俺の話したことを忘れてしまっても構わない。ただ、こいつにだけは話しておきたいと思った。

「なぁ、高梨」

俺の静かなトーンに、高梨はトロンとした目を向けた。

「ん？　何っすか？」

いろんな酒の匂いが混ざった不快な息を俺に吹き掛け、高梨はグラスに入っている無色透明の液体をぐびぐびと喉を鳴らして飲んだ。こいつはこれが焼酎だと思い込んでいるが、実はただの水だ。酒と水の区別もつかないくらい、高梨はへべれけになっていた。

「お前、夢ってあるか?」

突然、余命の話をするのもどうかと思い、俺は少し遠回りすることにした。

「夢っすか? ん～、そうっすねぇ～。かわいい女の子と結婚してぇ、子どもを三人つくってぇ……。へへ、『子どもをつくる』なんて、ちょっとエッチな感じっすね」

だらしない表情を浮かべるこいつの頭の中は、今、子作りの最中になっているに違いない。俺はドスのきいた声で、こいつの頭の中を、無理やり現実に引き戻した。

「それから?」

「あぁ、それから……」

高梨は、酔っぱらいにしては真剣な表情で暫く考えると、突然頬を緩めた。また、いたらんことを考えているに違いない。

「なんだ、その笑顔は。気持ち悪い」

「気持ち悪いとは失礼っすねぇ。俺の夢の続き、聞きたくないんっすか?」

「いや、悪かった。教えてくれ」

「水島さん、そんなに俺に興味あるんっすか？　もしかして、水島さん、本当にコレとか？」

高梨はほくそ笑むと、自分の左頬に右手の甲をしなやかに当てた。俺はその右手を素早く払った。

「もういい」

「怒っちゃ、や！」

高梨は俺に、口先でキスを飛ばした。俺はそれを左手で跳ね返すと、カウンターの中にいる大将に「同じものを」とグラスを差し出した。

小気味よい氷の音とともに、「おまちどう！」と大将がグラスを差し出す。誰が何を話していても、決して興味がある素振りを見せないこの大将が、俺は好きだ。

作りたての焼酎で喉を潤し、俺は輪ゴムで遊び始めた高梨に再び顔を向けた。これが、最後だと思いながら。

「それで？」

「へっ？」

「お前の夢だよ」

「あ、あぁ……」

指に絡めていた輪ゴムが瞬間的に姿を消した。高梨はハトが豆鉄砲を食らったような顔で一瞬動きを止め、その後しばらくそこら辺りに視線を泳がせていたが、やがて諦めたようにカウンターにつっぷして目を閉じた。

「俺の夢は……」

やっと、こいつの夢の続きが聞ける。そう思いながら続きの言葉を待ったが、高梨の口からは言葉ではなく、かわりにスースーと寝息がこぼれ始めた。

（全く、しょうがねぇな）

一人でグラスを傾けながら、俺は子どものような高梨の寝顔をしばらく眺めていた。

（とうとう、あの話はできなかったか……）

小さくため息をついたその時、高梨の口がかすかに動いた。

「……さん、……っすよ」

（何だ？　寝言か？）

女の名前でも呼んでいるのかと思い、俺は高梨の口元に、そっと耳を近付けた。

「水島さん、ちゃんと病院に行かなきゃ、ダメっすよ」

今度は、はっきりとしゃべった。

（こ、こいつ……）

俺は驚いて、高梨の顔をまじまじとみつめた。夢の中でまで、俺の体のことを心配してくれているなんて、俺はちょっと嬉しくなった。高梨は寝返りを打つように、「ん〜」と声を漏らしながら、俺とは反対の方向へ顔を向けた。

（ん？）

反対側を向いた高梨の肩が、小刻みに震えている。

（お前、泣いているのか……？）

高梨が他の誰よりも感受性が豊かなことを、俺は知っている。ちょっとしたことで感極まり、涙を流すことは日常茶飯事だ。高梨の顔が見える位置に立っている大将の眉がピクリと動いたことで、俺は高梨の涙を確信した。

（こいつ、寝たふりをしてまで、俺に病院に行けと……）

高梨は、今日、俺が飲みに誘った最大の理由に気付いていたに違いない。だから、あんなにバカバカしい話を何度も繰り返し、大声で笑い、話を引きずり、そして、最後には寝たふりをした。

人間は、それが事実だと知るまでの過程を一番怖く感じる。お化け屋敷も、お化けが出てくるか、まだ出てこないか、という所が一番怖く、出てきてしまったら、あとはもう絶叫しながら走り去ればいい。高梨はそんな、お化けがまだ出てこない、でも、出てきそうな気がする場所にひとりぼっちで立ち尽くし、その瞬間が訪れることに怯えているのだ。

（高梨、悪かったな）

目頭に熱いものを感じながら、俺は高梨の頭を乱暴に撫でた。

六　最後の言葉

黒いワンピースを着た少女が、窓際の椅子に腰かけ外を眺めている。いや、その目には、何も映ってはいない。若い女性がさす鮮やかな赤色の傘も、水たまりで遊ぶ幼い子どもの黄色い長靴も、彼女の瞳を通した瞬間、なにもかもがその色を失っていく。空っぽになった心は、全てのものを無機質なものへと変えていくのだ。

今夜は、七歳の男の子の通夜だ。昨日、雨が降りしきる交差点で、その命の灯は消えた。少女は、この男の子の姉だ。小学六年生にしては大人っぽい雰囲気を醸し出し、不思議な魅力がある子だと俺は思った。

「寒くないかい？」

俺はできるだけ優しい声で、少女に話しかけた。秋が近まり、雨も手伝って今日は結構肌寒い。彼女は窓の外に顔を向けたまま、小さく首を横に振った。

「お昼ごはん、ちゃんと食べたかい？」

子どもが苦手な俺のたどたどしい質問に、また、首の横振りで答える少女。

「何か飲むかい？　オレンジジュースとリンゴジュース、どっちがいい？」

さすがにこの質問に、首の動きだけで答えることはできないだろう。少女の声をまだ一度も聞いていない俺は、彼女の唇が動くのを待った。少女は、ゆっくりと俺の方に顔を向けた。初老の男が映った彼女の瞳。その瞳の奥に、「悲しみ」「寂しさ」といった言葉では語ることができない彼女の想いが見えたような気がし、俺はぞっとした。

何も言わないまま控え室へ戻る少女と入れ替わりに、少女の父親が、やつれた表情で俺のところにやってきた。

「ご挨拶が遅くなり、申し訳ございません」

「いえ」

遺族と話すときは、できる限り言葉少なに話すよう俺は心がけている。何気ない言葉が、時として人をひどく傷つけてしまうということを、俺はここで学んだ。

「頑張れよ」

今から十年ほど前、父親を亡くした少年に、俺は何気なく声をかけた。通夜の時も、葬儀の時も、ずっと涙を流し続けていたその少年は、真っ赤に腫れあがった目で俺を見た。その目の鋭さに鳥肌が立ったのを、今でも覚えている。その目で俺を見据えたまま、彼は言ったのだ。

「何を頑張れって言うの？　僕のお父さんは、『頑張れ』なんて一度も言わなかった」

そしてまた大粒の涙を流しながら、彼は俺の前から姿を消した。

放心状態で彼の後ろ姿を見送る俺に、少年の母親は「どうも、すみません」と言いながら歩み寄ってきた。

「主人は、本当に一度もあの子に『頑張れ』と言ったことはありません」

穏やかさの中に確かな強さを感じさせる声で、彼女は言葉をつないだ。俺はそんな彼女の方に体を向けた。

「それは、何か理由があるのですか？」

彼女は小さく頷いた。

「詳しいことは聞いていませんが、主人が子どもの頃、誰かが言った『頑張れ』という一言に追い込まれたことがあると言っていたことがあります。その経験が、主人の口から『頑張れ』という言葉を消したのでしょう。普段何気なく遣う言葉が、ある人にとっては凶器になるということを、主人はいつも恐れていたようです」

俺は、足から力が抜けていくのを感じた。でも、「頑張れ」なんて、日常のどこにでも転がっているありふれた言葉だ。その言葉を自分の子どもに一度も言ったことがないなんて、俺には信じられなかった。

「でも、試験や運動会の時も、ご主人は息子さんに『頑張れ』とおっしゃらなかったのですか？　親が応援してくれていることが、子どもにとっては何よりの力になると私は思うのですが」

あの時の俺は、まだまだ未熟だった。遺族の言葉に反論したのだ。顔を上げた彼女の瞳は、さっき俺を見据えた少年の目に似ていた。

「ええ、一度もありません。主人はいつも、『頑張れ』ではなく、『頑張ろうね』と言っていました。『頑張れ』って、何だか他人事みたいな、突き放されたような感じがしませんか？　だから主人は、自分の立場から『頑張ろうね』と言っていたのだと思います。あの子に何かいいことがあった時も、『よかったね』ではなく『嬉しいね』と、何か嫌なことがあった時には、『大丈夫？』と聞くのではなく『辛いね』と、いつもあの子の感情を、自分の感情として受け止めていました。そんな主人の優しさが、あの子の活力になっていたのだと私は思います」

彼女の力強い目から、幾筋もの涙がこぼれた。俺は慌ててその涙から目をそらし、会釈をしてその場から立ち去った。

自分が少年に何気なく言った「頑張れ」の一言。この言葉が、少年の心に深く突き刺さったのは間違いない。できることなら、この発言を撤回したいと思った。少年の心に刺した、「頑張れ」という言葉のナイフを引き抜きたいと。しかし、自分が刺したものなのに、もはや自分の手で抜くことはできない。言葉は恐ろしいもの。俺はこの時、そのことを身に染みて感じたのだ。


「あの……」

少女の父親の声が、俺を「今」へと引き戻した。

「あの子のことなんですが、失礼があったのではないでしょうか？」

少女が消えた控え室の入口を虚ろな目で見ながら、父親は小声で言った。彼女が何も話さないことを言っているに違いない。

「いえ、そんなことはありませんよ」

俺は薄い笑顔を浮かべた。

「実は……」

父親は、先ほどまで少女が座っていた椅子に腰を下ろした。俺も、その正面に座った。

「あの子は、咲は、話さないのではありません。話せないのです」

父親の言葉に、先ほど自分の問いに首の動きで応えていた咲の横顔を思い出した。

「優太の事故を目の前で見て、そのショックで声が出なくなってしまったのです。それに、悲しいはずなのに、あの子は涙を流さないのです」

最愛の弟の命が消える瞬間を、目の前で見た咲。その心の傷は、同じ経験をした者にしか語ることはできないだろう。とてつもなく大きなショックに、咲の心が死んでしまったのかもしれないと俺は思った。

「優太は、咲の歌声が大好きでした。だから優太は、天国に咲の声を持って行ったのかもしれません」

振り絞るようにそう言うと、父親は頭を抱え込んだ。大人っぽい雰囲気を醸し出す、端正な顔立ちの咲。あの唇からこぼれる歌声は、きっと美しいものなのだろうと、俺は何の根拠もなく確信していた。

ゆっくりと顔を上げた父親は、先ほどよりもやつれて見えた。最愛の命を失った者の顔を、俺は今まで数えきれないほど目にしてきた。しかし、愛する命と、愛する者の声を一度に失った遺族の顔を見るのは、これが初めてだ。

咲は優太より五歳年上。咲と優太は、誰もがうらやむほど仲の良い姉弟だったそうだ。優太が生まれると、咲は優太の傍から離れようとしなかった。優太の小さな手を握り、いつも耳元で囁くように歌を歌っていた。

咲の不思議な力に両親が気付いたのは、優太と母親が退院して間もなくのことだった。

ミルクをあげても、おむつを替えても泣き続ける優太。咲が赤ん坊の時とは全く違う優太の様子に、母親は戸惑った。優太を抱きあげ、ただおろおろする母親に、咲は言った。

「優太、ちょっと寒いんだって」

暖かい部屋に寝かせていたため、そんなはずはないと母親は思った。しかし咲の真剣な眼差しに、母親は優太をフカフカの毛布で包んでみた。すると驚いたことに、今まで大声で泣き続けていた優太が、すやすやと眠り始めたのだ。

それだけではない。

優太は夜泣きがひどかった。疲れ切った母親が昼間うとうとしていると、咲が母親を揺り起こした。

「どうしたの？」

目をこすりながら尋ねる母親に、咲は言った。

「優太が、お母さんに『ごめんね』って」

「何が？」

「夜、いつも泣いて」

「優太が言ったの？」

「うん」

優太はまだ、何も話すことができないはずだ。でも、咲の不思議な力を感じていた母親は、咲に助けを求めた。

「どうして夜に泣くのか、優太、何か言ってた?」

「うん」

「何て?」

「怖いんだって」

「怖い?」

「うん。暗い所が、怖いんだって。だから、電気をつけたままにしておけば、少しは泣かなくなるかも」

その日から、寝室の明かりは夜になってもつけたままにしてみた。優太の夜泣きは、ぴたりと止まった。

咲には優太の心の声が聞こえている。両親はそう確信した。

それに、どんなに優太が泣きわめいている時でも、咲が歌を歌うと、ぴたりと泣きやんだという。母親が抱き上げても、父親があやしても決して泣きやもうとしない優太が、咲が歌い始めるとすぐに泣きやみ、やがて、にっこりと微笑んだそうだ。

思い出話をする父親の目から、幾筋もの涙がこぼれた。俺はそんな父親を直視することができなかった。

「私には、ひとつ、とても心配なことがあります」

父親はハンカチで涙を拭きながら、ぽつりと呟いた。

「何ですか？」

控えめに聞いてみる。父親は、小さく深呼吸した。

「あの時、優太が車に撥ねられた瞬間、咲に優太のどんな声が聞こえていたのかということです」

俺は、はっとした。優太の心の声を聞くことができる咲。あの最悪の瞬間、咲は優太のどんな声を聞いたのか。考えただけで、鳥肌が立ちそうだった。

いつのまにか傍に来て話を聞いていた高梨が、静かに口を開いた。

「その質問、咲ちゃんにしましたか？」

（何てことを言うんだ！）

俺は高梨を下から睨み上げたが、高梨は俺に目もくれなかった。いつになく真剣な高梨の表情に、俺は胸騒ぎがするのを感じていた。

「そんな残酷なこと、聞けるわけないでしょう！」

父親は高梨に目を剥いて声を荒げたが、すぐに「すみません」と小さく呟いて両手で顔を覆った。肩を小刻みに震わせる父親に「大変、失礼いたしました」と謝罪し、俺は高梨を引っ張って事務室に戻った。

「何で、あんなこと言ったんだ？」

事務室の扉を閉めると、俺は高梨を正面から睨みつけた。

「あんなことって？」

「とぼけんな！　何であんな残酷なことを父親に聞いたんだ！」

高梨は俺を正面から見据えた。

「父親にとっては、残酷なことかもしれない。でも、咲ちゃんにとってもそうなんっすか？」

「何だと？」

「優太君は、咲ちゃんの涙と声を持って行ったりなんかしてないっす」

《優太は天国に、咲の声を持って行ったのかもしれない》

俺はそんな父親の言葉を思い出した。高梨はこの父親の言葉を、完全に否定しているのだ。

「それに、咲ちゃんの心は死んでなんかいないっすよ」

「どうしてお前にそんなことがわかる？」

高梨は再び、俺をみつめた。揺らぎのないそのまっすぐな瞳に、俺は全ての動きを奪われたような感覚に襲われていた。やがてふと視線を落とすと、高梨は何も言わずに、俺に背を向け事務室を出て行った。その後ろ姿は、俺にはとても悲しげに見えた。

通夜式の間も、咲は一言も言葉を発さず、そして、一粒の涙も流さなかった。ただ焦点の合わないような目で一点をみつめ、時が止まったように身を固くして両親の間に座っていた。

式の後、高梨が何をするか、俺は薄々気付いていた。その行動が吉と出るか凶と出るか、俺にはわからない。いや、凶と出る可能性の方が限りなく高いと、俺は思っていた。しかし高梨は、例え一パーセントの確率でも、少しでも可能性があるのなら行動に出る。やらないで後悔するより、やって後悔した方がいい。

こいつは、そういう男だ。

だが、俺は怖かった。その行動が凶となり、俺や高梨の心をずたずたにするのは構わない。しかしその賭けには、多感な少女の心がかかっている。そんな危険な賭けに、高梨は出ようとしているのだ。今までの俺なら、間違いなく高梨の行動を阻止しただろう。しかし、これまで俺が見てきた高梨が、俺にそれをさせなかった。

（こいつはきっと、あの少女の心を救える）

さっき高梨が俺に見せたあのまっすぐな瞳と悲しげな後ろ姿が、そんな根拠のない自信を俺に抱かせていた。

窓際に座り、ただ暗いだけの世界に視線を預けている咲に、高梨がゆっくりと近付く。俺は柱の陰から、二人をじっと見守った。

「咲ちゃん」

高梨は静かに咲に話しかけた。だが咲は、高梨の声に全く反応を示さなかった。相変わらず、窓の外に視線を向けたままでいる。

「小学生の頃、僕はオカメインコを飼っていたんだ」

自分のことを「僕」と言い、きちんとした言葉で話し始めた高梨に、俺はまず驚いた。

「そのオカメインコの名前、『ひょっとこ』っていうんだけどね、『オカメインコ』なのに名前が『ひょっとこ』なんて、笑っちゃうでしょ？」

高梨は小さく笑ったが、咲は身動き一つしなかった。普通の大人なら、ここでたじろいでしまうだろう。傍から見ている俺さえも、背筋に嫌な汗が流れるのがわかったほどだ。

だが、高梨は違った。表情ひとつ変えることなく、穏やかな声で話し続けた。

「僕とひょっとこは、大の仲良しだった。カギっ子だった僕は、いつもひょっとこと一緒に遊んだり、ごはんを食べたりしていた。僕の、一番の宝物だったんだ」

高梨の声が聞こえていないのではないかと思うほど、咲は相変わらず表情のない顔で外に顔を向けていた。

「それに、不思議なことがあったんだ。誰も信じてくれなかったけど、僕にはひょっとこが言っていることがわかったんだ。『おなかすいた』とか『寒い』とか『くたびれた』とか……。ひょっとこが心の中で思っていることを、僕は感じることができた。心から大切に想っている命の声が聞こえる。君なら、信じてくれるよね？」

咲の横顔は、肯定も否定もしなかった。

「でもね」

高梨はひとつ小さく息を吸うと、咲と同じように窓の外に目を向けた。

「ある日、突然死んじゃったんだ」

咲の華奢な肩がピクリと小さく動いた。今の咲に対し、「死」というストレート過ぎる言葉を口にするなんて、俺は想像もしていなかった。半ば呆れかけた時、高梨は再び口を開いた。

「ひょっとこは病気だった。病院で注射を打ってもらったり、薬を飲ませたりしたけど、ダメだった。いつも『痛い、痛い』と泣いていたんだ。

でも、死ぬ直前にひょっとこが僕に言った言葉は『痛い』でも、『辛い』でもなかった。

何て言ったと思う？」

咲は初めて、高梨の方に顔を動かした。高梨はそんな咲を、穏やかな表情でみつめた。

「僕の名前を呼んだんだ」

その瞬間、咲の目が大きく見開かれた。そしてその目に、みるみるうちに涙が浮かび上がり、頬を伝っては足元に落ちていった。一粒、二粒……。次から次へと流れ出る咲の涙を見て、俺は彼女の心が生き返ったのだと思った。

「優太君は、咲ちゃんに何て言ったのかな？」

咲は涙があふれる瞳で高梨をみつめた。この時、俺は気が付いた。あんなに泣き虫な高梨が、泣いていないということに。ただ見守ることしかできていない情けない俺の視界の中で、咲の口が小さく動いた。

「最初は『痛いよ』って、辛そうに泣いていたの。でも……」

細く美しい声が、咲の口からこぼれた。高梨はただ黙って、その声を全身で受け止めている。

「最後に笑って、『咲姉ちゃん』って言ったの。その後、優太が何と言ったのか、私にはわからない。優太の最後の言葉を、私は聞くことができなかった」

咲は両手で顔を覆い、激しく泣き続けた。

その言葉の先に何があったのだろうと、俺は考えた。「ありがとう」だろうか。それとも、「ごめんね」だろうか。俺は祈るような気持ちで、視線を咲から高梨へと移した。こいつは一体、どんな言葉を準備しているのだろうか。

「きっと……」

高梨は咲の肩にそっと手を置いた。

「その言葉に、続きはないよ」

咲は驚いたように顔を上げた。俺も、予想外の高梨の言葉に息を呑んだ。高梨は穏やかな笑みを崩すことなく、咲の瞳を正面からみつめた。

「優太君は最後に、大好きな人の名前を呼びたかっただけなんだと、僕は思うな」

そう言うと、高梨は咲の頭を優しくなでた。今まで決してとけることのなかった氷が、みるみるとけていくのが俺には見えた。咲は高梨の胸に飛び込み、大声で泣きじゃくった。咲の泣き声を聞いて控え室を飛び出してきた両親は、高梨の腕の中で泣きじゃくる娘を、驚いたようにみつめていた。俺の目からも、いつのまにか一粒の涙がこぼれていた。久しぶりに、頬に涙の温もりを感じた。

「最後のピース」

しゃくり上げながら、咲が言った。

「ジグソーパズルの最後のピース、優太がどこかに隠したままなの。もう、あのジグソーパズルを完成させることはできないんだね」

咲はきっと、最後のピースを失い、決して埋まることのないジグソーパズルを、自分の心と重ね合わせているに違いない。ぽっかりと空いた心の穴は、二度とふさがらないと。

「最後のピースが見つからない時は……」

高梨は咲に、柔和な笑顔を向けた。

「自分で作れば、いいんだよ」


次の日、優太との最後のお別れのとき、咲は歌を歌った。優太が眠れない時にいつも歌っていた子守唄だそうだ。

「優太がぐっすり眠れるように、あの時と同じように歌うの」

葬儀の前、咲が高梨にそう話していた。

咲の歌声は、とても美しかった。高く、低く、流れるように、咲の歌声が会場全体を包み込んだ。

俺は目を閉じると、優太のベッドの傍で子守唄を歌う咲の姿を想像した。美しい歌声、微笑んだような表情で眠る優太……。想像の世界と今の状況は、きっと、ほぼ同じだろう。ただ違うのは、今目の前にいる咲の目から、涙があふれているということ、そして、優太が二度と朝を迎えないということだった。

《咲姉ちゃん》

咲の歌声の中に、ふと、幼い男の子の声が聞こえたような気がした。

「お前、よくやったな」

葬儀の後、俺は高梨に声をかけた。

「なにがっすか?」

言葉遣いが完全に元に戻った高梨は、いつものアホ面を俺に向けた。

「あの子の心を開いたじゃないか」

「あぁ……」

高梨は紙コップにコーヒーを注ぎながら、「水島さんも飲みます?」と聞いた。頷く俺を確認すると、高梨は紙コップにコーヒーを注ぎ、砂糖をスプーン二杯分入れた。俺が好きなコーヒーの味を、こいつは知っている。

「お前、何で泣かなかったんだ?」

「へっ？」

スプーンでコーヒーをかき回しながら、高梨はすっとぼけたような表情で俺を見た。

「あんなに泣き虫なお前が、涙ひとつ流さずにあの子に話をしていたじゃないか。それも、初めて聞くようなきれいな言葉遣いで」

俺は、高梨からコーヒーを受け取ると、椅子に腰を下ろした。長時間立っていたせいか、全体重が腰から足へと抜けていくような感じがする。

「こんな言葉でしゃべったりなんかしたら、あの子卒倒しますよ。ここがまだ純粋っすからね」

高梨は左胸をぽんぽんと叩いた。

「それに、話しながら俺が泣いたりなんかしたら、あの子は自分のことよりも俺のことを心配するんじゃないかって思ったんっすよ。人の心を心配し過ぎて、自分の心を心配できなくなるんじゃないかって。優しい子って、人のことばかりを心配しているうちに、いつの間にか、自分の心がずたずたになっちゃうんっすよね。だから、あの子が自分の心にちゃんと向き合えるように、俺は泣かなかったんっすよ。心の中じゃ、号泣しまくってましたけどね」

視線を落としたまま、高梨は自分のコーヒーにホットミルクを注ぎ込んだ。紙コップの中の濃い黒色が、あっというまに薄茶色に変わっていく。

（こいつもまだまだ、子どもだな）

そう思えることが、なぜかちょっと嬉しい。相変わらず、高梨は視線を落としたままでいる。心の緊張感が抜けた今、こいつの目には涙が浮かんでいるに違いない。そんな高梨を気遣い、俺は明るめの声で高梨の横顔に話しかけた。

「ひょっとこの話、初めて聞いたぞ」

「初めて話しましたもん」

コーヒーをかき回していたスプーンを舐めながら、高梨は俺の隣に腰を下ろした。錆び付いた椅子が、ギーッと不快な音を鳴らす。

「大切な命の心の声が聞こえるって、すごいよな。羨ましいよ」

「聞こえない方が、いいっすよ」

高梨はぽつりと呟いた。

「聞こえない方がいいっす。心の声って、辛い声の方が多いんっすよ。笑い声より、泣き声の方が何倍も。その声が聞こえてくると、俺の胸もチクチク痛くなるんっすよ。生きるって、きっと、楽しいことよりも、辛いことの方が多いんっすよね」

高梨はそう言うと、「あちち…」と顔をしかめながらコーヒーを口に含んだ。そんな高梨を見ながら、俺はふと思った。

「お前、もしかして……」

コーヒーに息を吹きかけていた高梨は、ひょっとこのように唇をとがらせたまま俺に顔を向けた。

「俺の心の声も聞こえているのか?」

俺の体の異変を敏感に感じ取り、さりげなく気遣ってくれる高梨を、俺はいつも不思議に感じていた。それに、声も涙も出ない咲の心が死んでしまったのかもしれないと俺が思った時、こいつは刺すような目で俺を見て、「彼女の心は死んでなんかいない」と言った。こいつには、俺の心の声が聞こえている。そう確信しかけた時、高梨はにやりと笑って口を開いた。

「俺には、『大切な命』の心の声しか聞こえないんっすよ」

「ん……?」

俺は高梨の言葉の意味がわからず、目で「どういう意味だ?」と問いかけた。

「だから……」

じれったそうに、高梨は俺の顔を下から覗き込んだ。

「水島さんの心の声は、俺には聞こえないっす」

「……」

一瞬の沈黙の後、俺は吹き出し大声で笑った。高梨も、つられて笑い出した。こんなに腹がよじれるほど笑ったのは、何日ぶりだろうか。笑い続ける俺の目尻から、涙がこぼれた。その涙は、笑い涙ではない。その滴の本当の意味を隠すために、俺は笑い続けた。高梨も笑い続けている。だが、俺を見るその目の奥は笑ってはいない。

（こいつには、俺の心の声が聞こえている）

涙を流しながら、俺はそう確信した。

七　誰がために花は咲く

俺が妻を亡くしたのは、今から十九年前。変わり果てた妻の姿が瞼の裏に焼き付いていて、目を閉じるとその姿が浮かんでくる。幸せそうな顔で笑っていた時が、楽しそうに話していた時があったはずなのに、いつも浮かんでくるのは、最後のあの悲しそうな死に顔だけだ。

自殺だった。

帰宅した俺を待っていたのは、床から十センチほど離れてうなだれる、細くて白い女だった。何が起こったのか、すぐには理解できなかった。呆然と立ち尽くす俺の前で、その女は小さく揺れていた。

机の上に置かれた真っ白い紙に並ぶ美しい文字が、その理由を語っていた。

《私は、誰のために生きているのか、わからなくなりました。　直子》

俺たちに子どもがいれば、直子はこんなことにはならなかっただろう。

子どもができない原因は、俺にあった。幼い頃に出した高熱が、俺の男としての役割を奪ったのだと医者は言った。それがわかっても、直子は一度も俺を責めることはなかった。

だが、俺にはそれが一番苦しかった。どうしようもないとわかっていても、言葉で俺を責めてほしかった。泣いてほしかった。そうしてくれた方が、何倍も楽になれた。しかし直子は俺を責めることなく、穏やかに微笑みながらこう言ったのだ。

「子どもを産むために、あなたと結婚したわけじゃないから」

この言葉に、偽りはなかっただろう。だが、幼い子どもの手を引いた親子をみつめる直子の悲しげな瞳が、そして、押入れの一番奥に隠すように置かれていた手のひらほどの小さな靴が、俺の心に刃のように突き刺さった。

苦しみに耐えきれなくなった俺は、離婚してほしいと直子に言った。だが直子は、その申し出を受け入れようとはしなかった。

「子どもがいなくても、私は十分幸せよ」

直子はそう言ってくれた。微笑み、優しい声色で。だがその時、直子は俺の目を見なかった。

その時、俺の心が壊れた。外に女をつくり、帰らない日が多くなった。一夜限りの女もいた。美人じゃなくても、若くなくても、好みじゃなくても、どうでもよかった。ただ、気を紛らしてくれる相手なら、誰でもよかったのだ。

俺が朝方近くに帰ってきても、直子は何も言わなかった。ただ黙って、温かいみそ汁を、俺に出してくれた。

なぜ、その幸せを、もっと大切にしなかったのだろう。なぜ、温かいみそ汁の味を、もっと味わわなかったのだろう。

「うまいな」

そのひと言さえ言っていれば、直子は生き続けていたかもしれない。そのひと言で、自分は俺のために生きていると、そう思えたかもしれない。そう考えると、どうしようもない後悔の念に胸が締め付けられた。

警察の手により、ゆっくりと降ろされ、直子はいつも寝ていた冷たい布団に横たわった。小さな寝息も立てないで横になっている直子を見て、こんなに痩せてしまったことに、こんなに白髪が増えていたことに、そして、こんなに悲しげな顔になっていたことに、俺は初めて気が付いた。俺がどれだけの間、直子に目を向けていなかったのかを思い知らされ愕然とした。

「あなたが直子を殺したのよ！」

目を剥き、俺に向かって叫んだ直子の母親の言葉が、今も俺の心に突き刺さったままでいる。その言葉を否定することができなかった自分が、情けなくて、恥ずかしくて、俺を責め立てる母親に対し、俺はただ、「申し訳ございませんでした」と、頭を下げることしかできなかった。

通夜の席で、ぼんやりと遺影を眺めていた俺の脳裏に、ふと聞こえてきた直子の声。

「私は、あなたに出逢うために生まれてきたのよ」

初めて直子を抱いた夜、頬を桜色に染めて言ったこのひと言が、俺は忘れることができない。

「あなたは、誰のために生まれてきたの？」

甘えるようにそう尋ねる直子のふくよかな唇に唇を重ね、

「これが答えだ」

と、キザなことを言ったあの日の夜。

「俺はお前のために生きる。だからお前も、俺のために生きろ」

これが、直子へのプロポーズの言葉だった。

「それなら私は、あなたが死ぬ前には死ねないわね」

そう言って俺の胸に顔を埋めた直子の華奢な体は、小さく震えていた。

あの時、俺の胸を濡らした涙の温もりを、俺は忘れていた。一番忘れてはならなかったことを、俺は完全に忘れていたのだ。

黒い額縁の中で、穏やかに微笑む直子。こんな顔で笑っていたのは、もう随分昔のことだ。そんなふうにしてしまったのは、他ならぬ俺自身だった。俺が傍にいれば、俺が直子を見ていれば、この笑顔は今も俺の前で咲いていたはずだった。

　この写真は、確か、三年前に富良野に旅行に行った時のものだ。一面に広がるラベンダー畑を、目を輝かせて見ていた直子。しかし直子の目がこの時以上に輝いたのは、ラベンダー畑沿いにある道路に咲く、名もない一輪の花を見つけた時だった。コンクリートから顔を出すその花を、直子は愛おしそうにみつめていた。

「かわいそうだな」

　俺は直子の気持ちに合わせようと、珍しく優しいことを言ってみた。

「えっ？」

　俺を不思議そうな顔で見上げる直子。「どうして？」と目で尋ねているような直子の隣に、俺は膝を折った。

「だって、ちょっとしか離れていないところでは、栄養満点の土に根を張って、あんなにたくさんの仲間と一緒に咲いているラベンダーがいる。それなのに、この花は、こんなところにひとりぼっちで咲いているなんて、かわいそうじゃないか」

　俺の話を聞いて目を丸くした直子は、突然吹き出した。

「何が、おかしいんだよ」

せっかく性に合わない優しいことを言ってみたのに、と俺はちょっとムッとした。

「ごめんごめん。正ちゃんも、そんなこと思うんだなぁって思ったら、何かおかしくて」

そう言いながら、直子はまだころころと笑っている。

「お前は、かわいそうだと思わないのか？」

俺は恥ずかしくなり、急いで視点を直子に切り替えた。

「えっ？　私？」

目尻からこぼれる細い涙の筋を指で拭きとりながら、直子は視線を俺からその花に移すと、ぽつりと呟いた。

「私は、かわいそうだとは思わないな」

予想外の答えに、俺の恥ずかしさは限界を超えた。

「どうしてさ？　お前って、意外と冷たいんだな」

いじけた子どものように、不機嫌さを露わにする。

「正ちゃんの気持ちもよくわかるし、とっても優しい考えだと思うわ。でも……」

直子は俺の目をまっすぐにみつめた。

「この花は、ここに咲きたかったんじゃないのかな」

その花は、柔らかな風に吹かれ、直子の言葉を肯定するように小さく揺れている。だが、俺は折れなかった。

「そんなわけないじゃないか。どうせ咲くなら、ちゃんと土に根を張って、みんなから見てもらえるところに咲きたいと思うんじゃないか？　お前が花なら、どうなんだ？」

「そうねぇ。私が花なら……」

直子はうつむき加減で、ちょっと首を傾《かし》げた。この後、直子は何と言ったんだっけ……。

通夜の会場には、先ほどから僧侶のお経が響いている。その太く低い声に参列者のすすり泣きが重なり、別れの雰囲気をより一層濃くしていた。

俺は目を閉じ、あの時の直子の言葉の続きを探した。

コンクリートから顔を出した小さな花を、愛おしそうにみつめる直子の唇からこぼれた言葉は……。

思い出した。

そう思う前に、閉じた瞳から涙があふれてきた。人間の感情は、あらゆる思考に先行する。突然涙を流し始めた俺を、直子の母親が眉間に皺を寄せて訝しげにちらりと見た。

あの時、直子はにっこりと微笑み、こう言ったのだった。

「見てくれる人は一人で十分よ。その人が、『あなたに会えてよかった』って、心からそう思ってくれるなら」

その時の直子の笑顔があまりにも美しくて、あまりにも愛おしくて、俺は思わずカメラのシャッターを切っていた。その時の直子の笑顔が、今、黒い縁取りの中にある。あの時の情景が、俺の脳裏に鮮明に蘇ってきた。

「ねぇ、花は誰のために咲くんだと思う?」

カメラのレンズ越しに、直子は俺に聞いた。カメラを下ろし、俺はちょっと考えてから答えた。

「誰かが言ってたな。『花は、自分のために咲く』って。だから、そうなんじゃないのか?」

「誰か、じゃなくて、正ちゃんの考えを聞きたいの」

直子は頬をちょっと膨らませた。七歳年下の彼女が、より一層若く見える。

「そうだなぁ……。やっぱり自分のためじゃないか?」

考えるのが面倒になった俺は、そう言って立ち上がった。

「私は、そうは思わないな」

直子は、持っていたペットボトルの水を、細い指を伝わせて花の足元にかけながら呟いた。

「じゃあ、お前はどう思うんだ?」

「私はこう思っているの。花は、いろんな命のために咲くんだって」

「命のため？」

直子の言葉の意味がわからず、俺はオウム返しに尋ねた。

「そう。病気の時、お見舞いにお花をもらったら何だか元気になるし、誕生日とか何かの記念日の時も、お花って気持ちを明るくしてくれるでしょう？　それに、お葬式の時は、亡くなった人を包み込むように、そっと寄り添ってくれる。『あなたは一人じゃないのよ』って、言ってくれているみたいじゃない？」

「花屋に並ぶ花はそうかもしれないな。だけど、この花みたいに、誰もいないような所で、密かに咲いている花はどうなんだ？」

「こうやって、この花は私たちに小さな幸せをくれたわ」

直子は立ち上がると、俺の目をしっかりとみつめてこう言った。

「たった一輪でいい。自分のために咲いていてくれる花が見つかったら、これ以上に幸せなことはないわ」

直子が、俺をその「一輪の花」に例えていたことに、あの時、なぜ気付かなかったのだろう。そして直子もまた、俺にとっての「一輪の花」だったということに……。

どんなに後悔しても、時を戻すことはできない。どんなに泣いても、直子は帰ってこない。そう思っても、涙が止まらなかった。

八　覚悟

青い空、白い雲、赤い花、緑の木々……。

もうすぐ、こんな当たり前の景色も見られなくなるかもしれないと思うと、妙に感傷的になってしまう。

腹の痛みは、もう限界だった。

死んでも病院には行かないと決めていたが、死ぬ前に、一度だけ行ってやろうと俺は心に決めた。

「次の休みに、病院に行ってくる」

そう言った時の高梨の顔が、俺の脳裏にこびりついて離れない。

笑顔と涙の中間。

俺が病院に行くことに安堵する笑顔と、病名が明らかになることへの恐れの涙。家族のいない俺にとって、こんな表情をしてくれる高梨を、このとき心から愛しく思った。

「大丈夫。きっと、なんでもないさ」

自分に言い聞かせるように言った俺の言葉に大きく頷き、「次の休みって、いつっすか？」と高梨は勤務表に視線を投げた。

「いや、まだ決めていない」

薄めのコーヒーを口の中に流し込み、俺は足を組み直した。

以前は、濃いコーヒーを好んで飲んでいた。だが最近は、ミルクたっぷりの薄めのコーヒーを飲むようにしている。その方が少しでも体にいいかもしれないという高梨の気遣いを、ありがたく受け入れたのだ。俺も無意識に「生」に執着しているのかと、ひとり苦笑した。

「それなら、俺の休み、水島さんに譲るっす」

高梨の声に、コーヒーから視線を上げ明日の勤務表に目を移すと、高梨の汚い字が、休暇予定であることを告げていた。

「いや、お前、もう三週間休みなしだろう？　休める時に休んどけ」

俺が少しでも楽になるように、最近、高梨が体を酷使して働いているのを俺は知っている。

「久々に、彼女でも抱いてこい」

笑いながら言う俺に、高梨は困ったような表情を見せた。

「それが……」

「何だ？」

「その彼女と、一昨日、別れちゃったんっすよね」

「は？　何で別れちゃったんだ？」

「そんなの、俺にもわかんないっすよ。俺に飽きちゃったんじゃないっすか？」

「お前に飽きることなんて、ないと思うけどなぁ……」

高梨の嘘に気付かないふりをしながら、俺は正直な思いを口にした。そんな俺の言葉に、高梨の顔に笑顔が広がる。

「そんなら水島さん、俺と付き合っちゃいます？」

「アホか、お前は」

高梨は「へへっ」と首をすくめて笑った。

「だから、もう休みは必要ないんっすよ。明日の休みは、その彼女とドライブでもしようかと思って取ってたもんっすから」

そう言いながら、高梨は「休」の文字を指で消し、黒くなった自分の指を不思議そうにみつめた。その姿があまりにもおかしくて、俺は思わず吹き出してしまった。

「ありがとな」

明日の俺の勤務表に「休」の文字を書く高梨の背中に、俺は心から礼を言った。

翌日、俺は息のつまりそうな病院の待合室にいた。

腰の曲がった白髪の女性、見るからに頑固そうな初老の男性、虚ろな視線をテレビに預けている青年、母親に背中をさすられながら泣いている幼い女の子……。俺の周りには、病人がたくさんいた。俺が仕事をしている時も、酒を飲んでいる時も、病気で苦しみ、このアルコールの臭いが充満した箱の中で過ごしている人がたくさんいるのだ。そう思った時、診察室のドアが開き、

「水島　正二さーん」

と、甲高い声でナースが叫んだ。フルネームで名前を呼ばれるなんて、何日ぶりだろうか。最近は患者を間違えぬよう、フルネームで患者の名を呼ぶ病院が多いと聞いてはいたが、いざ自分が呼ばれると、少々くすぐったい感じがした。

診察室の丸椅子に座り、医者に向き合う。俺より二十歳は若そうなその医者は、インクが十分染みた万年筆をカルテの上に動かした。

「今日は、どうなさいましたか?」

「最近、下腹部に痛みがありまして……」

医者の手が、カルテの上を滑るように動く。俺にはさっぱり読めない文字だが、どうせ、

「下腹部　痛み」としか書いていないだろう。そんくらい日本語で書けよ、と俺は心の中でつっこみを入れた。

「いつからですか？」

「ん？　あ、え〜と……。最初に痛み出したのは、三ヶ月くらい前だったと思いますが……」

ふんふん、と相槌を打つと、医者は俺が読めない字で、「三ヶ月前」とカルテに書いた。

「どのように痛みますか？」

「え〜と……。何か、下っ腹を握りつぶされるような感じですかねぇ」

なるほど、と言いながら、医者はカルテに万年筆を走らせた。今度ばかりは、何と書いたか想像がつかなかった。

医者は俺を細いベッドに寝かせると、「痛いですか？」と聞きながら、俺の腹のあちこちらを押しまくった。医者の細い指の下で、俺の腹は悲鳴を上げていた。

額に脂汗が浮かび上がる俺を気遣うように、医者は俺をゆっくりと起こしてくれた。細い体だが、意外と力は強いんだな、と思った。女はきっと、こんな瞬間に男に惚れるのだろう。

俺が靴を履く間、医者はカルテに何やらさらさらと書き込んだ。何を書いているのだろうと医者の肩越しに遠目に覗きこんだが、やはりそれは、俺の読めない字で書かれていた。医者は手を止め椅子をくるりと回すと、ちらりと俺の足元に目をやった。そして俺が靴を履き終えていることを確認すると、

「では、血液検査のために採血と、あと、エックス線検査をします」

と、俺が一番恐れていたことを何食わぬ顔でさらりと告げた。医者が白いカーテンの奥にいるだろう看護師に「採血」と声を掛けると、カーテンの向こうから、白衣の悪魔が笑顔で現れた。俺は恐怖心を悟られぬよう、表情を崩さぬまま左腕を採血台に乗せた。ひんやりとした脱脂綿が、カチカチになった俺の腕の上を滑る。看護師は、「力を抜いてくださ い」と言いながら、注射器のキャップを外した。

採血は痛かった。

(こんなに採血が下手な看護師に注射器を握らせるなんて、この病院はどうかしている)

左腕に張られた小さな絆創膏を放心状態で眺めながら、俺は心の中で看護師に罵声を浴びせた。

採血が終わると、俺は放心状態のまま再び細面の医者の前に座らされた。

「検査結果は、明日出ますので」

医者の抑揚のない声に、俺は我に返った。

「明日？　明日は仕事を休めません」

「それなら、明後日にでも」

「明後日も無理ですね」

医者は、カルテから視線を上げた。俺に向けた目が、明らかに「面倒くさい奴だな」と言っている。

「それなら、ご家族の方が代理で聞きに来られますか？」

「俺には、家族はいません」

医者の心の中の舌打ちが、俺には、はっきりと聞こえた。

「それなら、こうしましょう。検査結果が緊急を要する場合、或いは、他の検査をする必要性があるようでしたら、検査結果がわかり次第、水島さんにお電話いたします。そうでなければ、ご都合のいい時に、病院にいらしてください」

そう言うと、医者は看護師に俺のカルテを渡した。これが、「もう行け」の合図だと俺は悟った。

「わかりました。ありがとうございます」

最初からそう言えよ、と思いながら、俺はレントゲン室から呼ばれるフルネームに返事をして腰を上げた。

「水島さん、どうでした?」

次の日、会社に行くとすぐに高梨が近寄ってきた。

「よう、昨日は悪かったな」

昨日は葬儀が三件あり、目の回るような忙しさだったと聞いていた。

「いいっすよ。俺が八人分働きましたから」

笑いながら中途半端な人数を口にする高梨。そんな高梨が、最近急に逞しくなったように見えるのは、体調不良で、俺の気が滅入っているせいだろうか。

「それより、腹痛の原因は何だったんっすか?」

俺は昨日の医者の言葉を、そのまま高梨に告げた。

「今日、昼からでも休み取ればいいじゃないっすか」

「週に二日も休めるか」

「俺が、十人分働きますから」

「お前の十人分は、俺の〇.五人分だ」

俺の毒舌に、高梨は「ひどいなぁ」と、嬉しそうに笑った。

「それより、お前も無理すんなよ。仕事は、体が資本だからな。それに、病院なんて、やっぱり行くもんじゃねぇ。一時間も人を待たせておいて、診察はたったの十五分だ。採血もろくにできない看護師しかいねぇし。ま、ちょっとかわいい娘だったけどな」

俺の腕に針を刺した若い看護師を思い出しながら、俺は高梨が入れてくれたコーヒーを飲みほした。

「水島さん、ここ、伸びちゃってますよ」

空になった俺のマグカップを受け取りながら、高梨は自分の顎を指差した。

「バカ野郎。こんな時に伸びるのは、鼻の下だ」

笑いながら、俺は今夜担当を務める通夜の準備に取り掛かるため、重い腰を上げた。

九　二度と笑うな

今日の亡き人は、十五歳の少女だ。

少女の名は、矢野美鈴。中学校三年生の彼女は、ピアノと本が好きな、おとなしい少女だったそうだ。

そんな美鈴の死の原因を聞いた瞬間、俺の背筋に冷たいものが走った。

自殺。

学校でのいじめを苦にした自殺だったと、同僚から聞いた。自分の部屋で首をつって死んでいるのを、食事の支度ができたと呼びに行った母親が発見したそうだ。その話を聞いた瞬間、俺の脳裏に、直子の死に顔が蘇ってきた。美鈴もきっと、直子と同じような顔で死んでいたのだろうと思うと、吐き気に襲われそうだった。この葬儀の担当を務めることになったのを、自分への罰とさえ感じていた。

「水島さん、大丈夫っすか？　何か、顔が白っぽいっすけど」

高梨は、いつも俺の異変に敏感に気付く。

「また、腹が痛むんっすか?」

泣きそうな顔で、高梨が俺の顔を覗き込む。

「いや、大丈夫だ。薬を飲んだから痛みはない」

俺は高梨に背を向けると、遺族との打ち合わせのために事務室を後にした。


母親は衰弱しきっていた。充血したその目からは、とめどなく涙が溢れ出てきていた。父親も腫れた瞳で、どこを見るでもなく、無表情で愛娘の棺の傍に佇んでいた。

「あの、控え室で葬儀の打ち合わせをさせていただいてもよろしいでしょうか」

遠慮がちに話しかけた俺と高梨に、父親は虚ろな視線を向けた。母親は、ハンカチで目頭を押さえたままだ。

「よろしくお願いします」

消え入りそうな涙声で、父親が了承した。

打ち合わせと言っても、それは、俺たちからの一方的な説明にすぎなかった。意見を求めても、「お任せします」と言うだけで、通夜や葬儀をどういうふうにしたいか、希望を聞くことすらできなかった。

「では、お通夜は七時からですので、それまでごゆっくりお過ごしください」

深く一礼すると、俺と高梨は控え室を出て、事務室に戻った。高梨が、コーヒーを入れながら聞いてくる。

「水島さん、どうするんっすか？　彼女のこと何にも聞けなかったっすけど、通夜であの子の人生について、何て言うんっすか？」

「そうだなぁ。どうしようか……」

「俺が、何気なく聞いてきましょうか？」

「いや、あんな状態の両親に、そんな残酷なこと聞けるはずがないだろう」

「そうっすよね……」

高梨はガラス越しに見える控え室に視線を投げ、大きく頷いた。

「ま、通夜式まであと六時間ある。それまでに、何とかなるさ」

俺はそう言うと、食べかけていた昼食のサンドイッチに手を伸ばした。


何ともならなかった。美鈴の話を聞くことができぬまま、時計の針は六時二十分を指していた。

「水島さん、本当に大丈夫なんっすか？」

心配そうに、高梨が俺の顔を覗き込む。

「大丈夫。今となっては、そう言うしかないだろう」

いつになく弱腰の発言をする俺に、高梨は今が本当に危機であるということを悟ったようだ。

「水島さん」

「ん？」

「原稿がなくても、大丈夫っすよ」

ひきつった笑顔で、高梨が言う。

「大丈夫っす。水島さんの言葉で、その時感じたことをそのまま言えばいいんっすよ」

握った拳を左胸に当て、真剣な目でそう俺に言う高梨が、もはや俺の手から巣立っていくことを暗示しているような気がした。

「生意気言ってんじゃねぇ」

脳裏に渦巻く様々な思いを払拭するように語気を強めたその時、何やら女性の叫び声のようなものが聞こえた。

「何だ？」

俺と高梨は顔を見合わせると、同時に事務室を飛び出した。

不自然な人だかりができていたのは、美鈴の通夜の会場だった。

「ちょっと、すみません」

人の塊をすり抜ける俺の耳に、先ほどのものと同じであろう女性の叫び声が入ってきた。

「あなた達が、あの子を殺したのよ！」

その瞬間、俺の足が止まった。全ての音が、全ての思考が遮断された。

《あなたが、直子を殺したのよ！》

あの時の情景がまざまざと蘇り、俺の額からは嫌な汗が噴き出していた。

「水島さん……。水島さん、大丈夫っすか？」

高梨の緊迫した顔が、ぼんやりと見えた。

「水島さん、顔が真っ白ですよ。今日の担当、俺が変わりましょうか？」

進行の原稿さえできていない今回の担当の代打を申し出るとは、高梨も随分成長したものだ。だが、今回の担当は、今回の担当だけは、俺が務めなければならない。大袈裟かもしれないが、これが俺に課せられた使命だとさえ感じていた。

「いや、大丈夫だ」

俺はそう言うと、高梨に気付かれぬよう深呼吸をし、騒ぎの輪の中に足を踏み入れた。

輪の中心にいたのは、美鈴の母親と、一人の男性だった。痩せて青白い顔をしたその男性は、三十代後半といったところだろうか。母親に向かい、「申し訳ございませんでした」

と何度も頭を下げ続けている。涙に濡れた母親の鋭い視線は、この男性を捉えて離さない。

「あの子がいじめられていることを、あなたは知らなかったんですか！」

「申し訳ございませんでした」

「知っていて、何もしなかったんですか！」

「申し訳ございませんでした」

あぁ、彼は美鈴の担任教師かと俺は思った。

「どうして、黙っていじめを見ていたんですか！」

「申し訳ございませんでした」

「謝ってばかりじゃなく、ちゃんと答えてください！　私は、質問をしているんです！」

「申し訳ございませんでした」

小さく震えながら謝り続ける彼が、あの時の自分の姿と重なった。そして、思い出した。あの時、直子の死を悼み後悔しながらも、母親に責め立てられているこの時が、一刻も早く去れ、と願っていたことを。あんな時でさえも、直子のことではなく、自分のことを考えていたということを。

「ほら、もういいだろう」

美鈴の父親は母親の肩を支えると、事の成り行きを好奇の目で見ている弔問客に軽く一礼し、遺族席へと戻って行った。

「すごかったっすね」

高梨が耳元で囁いたが、俺は返事をせずに、乱れている祭壇の花を整えに向かった。いや、乱れていたのは、俺の心だった。この状況から抜け出すために、俺は無心に咲く花に心を向けた。

だが、それが余計に自分の心をかき乱すことになった。花の下に眠る棺の中の美鈴の顔にふと視線を向けた俺は、足がすくんだように動けなくなってしまったのだ。もう二度と笑うことができない悲しげなその顔が、俺の脳裏で、直子にすり替わった。死体となった直子を見つけた時の情景がまたも鮮明に蘇り、手が、足が、唇が、小さく震え出した。

「水島さん、水島さん」

高梨の声が、俺の神経を直子から引き戻す。

「水島さん、やっぱり、今日の担当は俺が代わりますよ」

真剣な表情で、高梨は弔問客に聞こえぬよう俺の耳元で囁いた。

「いや、大丈夫だ」

からからになった喉で答えると、俺は美鈴の棺に背を向けた。

午後七時、美鈴の通夜が始まった。

弔問客の中に、濃紺の制服に身を包んだ少年少女が十数名いた。この中には、美鈴をいじめた生徒はいないのだろう。美鈴の死を一番悼むべき人間がここにいないなんて、この世の中、不条理なものだな。ハンカチで顔を覆い、友達同士で支えあっている少女達を見ながら、俺はそんなことを考えていた。

音楽が、静かに流れ始めた。故人の生涯を伝える時だ。

「故　矢野美鈴様は、ピアノと本が好きな、心優しい少女でした」

俺のただならぬ気配に気付いた同僚が急いで書いてくれた原稿を、口先だけで読み上げる。

「幼い頃から誰からも慕われていた、故　矢野美鈴様は……」

自分の声が、耳を素通りしていく。まるで、俺ではない他の誰かの声を聞いているような感覚だった。原稿を機械的になぞっていた俺の目は、ふと、美鈴の遺影へと向いた。

朗らかに笑う、美鈴の遺影。この写真を撮影した時、まさかこれが遺影に使われることになるなどと、一体、誰が想像しただろうか。写真の中で、こんなに幸せそうに笑っているのに。

美鈴と直子の笑顔が重なった。

俺は無意識に、手にしていた原稿を握りつぶした。マイクが拾った「グシャッ」という不自然な音に、何人もの視線が俺に注がれた。

目を閉じた。

直子の笑顔が見えた。

遺影となった写真を撮った瞬間の、あの時の直子の笑顔を、俺はこの手で奪った。

暫く続く沈黙。

ゆっくりと、目を開けた。

同僚があたふたしているのが見えた。だが、俺の視界の隅に立っている高梨だけは、微動だにしなかった。

俺は小さく深呼吸した。

「美鈴さんは、もっと笑いたかったと思います」

会場に、さざ波のようなざわめきが起こった。

「もっとピアノを弾いて、もっと勉強して、もっと友達と話して、そして、もっと、もっと生きたかったと思います」

ざわめきは、静寂へと姿を変えた。

「そんな美鈴さんの人生を奪ったのは、あなたたちです」

俺は、一角に固まって座る担任教師と生徒の塊に視線を向けた。俺の視線が、担任教師の弱り果てた目を捉えた。怯えたような二個の瞳。俺もあの時、きっと、こんな目をしていたのだろう。

「美鈴さんを殺したのは、あなたたちです。いじめをした人は勿論、いじめに気付いていながら黙って見ていた人も、美鈴さんを殺したことに変わりありません。自分の身を守るために、仲間が苦しんでいるのを黙って見ていたことを、恥じてください。そして、自分の犯した罪をきちんと認め、美鈴さんに、心から謝ってください。あなたの人生を奪って申し訳なかったと、謝ってください」

大きく見開かれた美鈴の母親の瞳から、また涙がこぼれた。

「私たちには、誰かの笑顔を奪う権利はありません。誰かの幸せを奪う権利はありません。そして、誰かの命を奪う権利はありません」

俺の司会をやめさせようと会場に現れた社長を、高梨が入口で必死に止めている。

「現実に背を向けることは、また、同じ過ちを繰り返すことになります。だからどうか、今生きている自分たちのことよりも、命を奪われた美鈴さんのことを考えてください。そして一生、美鈴さんのことを忘れないでください。自分たちの手で殺した美鈴さんのことを、決して……」

その時、俺は初めて気が付いた。俺の頬を、涙が濡らしているということに。鬼のような形相の社長が、高梨の細い腕を払いのけ、会場に入ってくるのが見えた。俺は深呼吸すると、これが葬儀屋としての最後の仕事になると覚悟を決めて、心の内をそのまま言葉にした。

「涙を流すのは、その次に笑うためです。時が経てば、悲しみは薄れ、また、笑顔になることができます。でも皆さんは、美鈴さんのことを決して忘れてはなりません。忘れたまま、笑ってはいけません。笑う時は、必ず、美鈴さんのことを思い出してください。もう二度と笑うことができない美鈴さんのことを思い出し、それでも笑顔になれるのなら笑ってください」

もう二度と笑うな。

これが、俺の本心だった。

社長の丸太のような腕が、枯れた木の枝のようにぶら下がる俺の腕を掴んだ。そしてマイクに顔を向けると、「どうも、申し訳ございませんでした」と、猫なで声で謝罪の言葉を口にし、「出て行け」と目で俺に合図した。俺は遺族に向かい深々と頭を下げると、自分の足で歩いているとは思えないフワフワした足取りで会場を後にした。

「水島さん」

崩れるように事務室の椅子に腰を下ろした俺に、高梨が遠慮がちに話しかけてきた。

「悪い。一人にしてくれないか」

俺は高梨に背を向けた。

窓ガラスに、高梨の寂しそうな顔が映った。俺は慌てて、ガラスの向こうの高梨から目をそらした。なぜだ。高梨の顔を見ると、また涙が出てきそうになる。

高梨が出ていくのと入れ替わりに、社長が入ってきた。

「水島、どういうつもりだ？　私情を持ち込むなと、あれほど言っていたはずだ！」

入ってくるなり、社長の怒声が事務室中に響き渡った。

「私情を持ち込むな。自分の感情を押し殺せ。いつもそう言っているだろう！」

肩で息をし、顔を真っ赤にして怒鳴る社長に、俺はただ、頭を下げることしかできなかった。

「明日から、来なくていい」

呼吸を整えると、社長は静かに俺の首を切った。予想通りの結末だと、俺は思った。

「ご迷惑をおかけしまして、申し訳ございませんでした」

反論できる材料は何もない。頭を下げ、俺は事務室の出口へと足を向けた。

ここで、いろんなことがあった。

「死」と向き合う仕事は、同時に、「生」と向き合う仕事でもあった。辛いことも悲しいことも、たくさんあった。でもそれと同時に、心に響く何かをいつも感じていたことを、俺は忘れない。そして、高梨という人間に出逢うことができたことも、俺にとっては大きな財産だ。

社長を振り返り、俺は深々と頭を下げた。心の中で、何度も礼を繰り返しながら。

あの時、社長がいなかったら、俺は今頃どうなっていたのだろうか。

社長は、俺の全てを知っている。直子の自殺で抜け殻のようになっていた俺を、社長が拾ってくれたのだ。

「死に寄り添いながら、一生、罪を感じて生きていけ」

社長はそう言って、俺を雇ってくれた。

「ただ、人の葬儀に私情は持ち込むな。どんなに辛い葬儀に出会っても、自分の感情を押し殺せ」

そう言ったあの時の社長の厳しい顔が、昨日のことのように蘇ってきた。

葬儀屋になってからの数年間は、故人の顔を見て、直子を思い出さないことはなかった。

表面上は冷静さを装っていたが、心の中では、いつも社長の命令に背いてしまっていたのだ。

だが、葬儀の回数を重ねるごとに、直子を思い出す回数が少なくなっていった。いや、思い出さぬよう、自分の心をコントロールしていたのだ。そしてそのうちに俺は、無感情の仮面を手に入れ、それと引き換えに、涙を失った。

そんな俺の頬を、今、涙が濡らしているのは、「葬儀屋としての水島」から、「一人の人間としての水島」に戻ったからだろうか。

別れの言葉を口にしようと、俺は、ゆらゆらと揺れる薄汚れた床から顔を上げた。

「一週間」

俺が顔を上げた瞬間、社長は口を開いた。

「一週間頭を冷やしたら、また戻ってこい」

先ほどまでの怒声とは真逆の、とても穏やかな声で社長は言った。

「今お前が出ていく出口は、一週間後には新しい入口だ」

「……」

「お前は、もう笑っていい」

俺は、涙に濡れた目を見開いた。

「もう、充分だ。今まで、よく頑張ってきたな」

「お、お義父さん……」

「ここではそう呼ぶなと、最初に言ったはずだ」

目尻を柔和に下げ、直子の父は俺に近付いてきた。

「今まで、本当によく頑張ってきた。直子の死を経験したお前は、立派な葬儀屋になった。遺族の気持ちを心で感じられる、立派な葬儀屋にな。お前ほど、故人や遺族の心に寄り添える者は他にいないと私は思っている。お前の担当は、本当に素晴らしい。特に……」

義父の分厚い手が、俺の震える肩に置かれた。

「今夜のお前の司会は、最高だった」

泣き崩れる俺の肩を軽くたたくと、その寛大な人は、静かに事務室を出て行った。


一週間の謹慎処分。葬儀をかき乱した社員にとっては、軽すぎる処分だ。だが、不平を言う者は、一人もいなかった。それはきっと、俺が好かれているからではなく、皆が美鈴の死に心を寄り添わせた結果だったのだろう。

机の上を整理していると、高梨が小動物のようにコソコソと入ってきた。

「おう、さっきは悪かったな」

目が充血していることに気付かれぬよう、俺は片付けの手を止めずに言った。

「水島さん、休む必要なんかないっすよ。悪いこと、何にもしてないし。俺が社長に、頼んでみますから」

「ありがとな。でも、俺には頭を冷やす時間が必要だ。一週間で済んだなんて、奇跡のようなもんだ。社長に感謝しないとな」

ふと足元に視線を落とすと、グシャッと丸められた紙が落ちていた。美鈴の通夜で、俺が読むべきだった原稿だ。俺はそれを、そっと拾い上げた。

「そんな原稿、クソ食らえですよ」

「おい。そんな言い方はするな」

「だって、そうでしょう。そんなの、いい子ぶりっ子の文章じゃないっすか。そんな原稿で、美鈴ちゃんの心に寄り添うことなんて絶対にできないっす」

俺は黙って、その原稿の皺を伸ばした。

「そうそう、美鈴ちゃんのいじめの原因、聞きました?」

「いや、聞いてない。何だったんだ?」

「それが……」

高梨は小さくため息をつくと、静かに話し始めた。

クラスの一人の少女が、「美鈴があなたの悪口を言っていた」「美鈴があなたの靴を隠していた」等と、クラスのみんなに嘘を言いふらしたのだ。美鈴が否定しても、誰も信じなかった。

「美鈴が、あなたの悪口を言っていたよ」

そう言われた生徒の心は傷つき、人を信じることを恐れる弱った心だけが残ってしまったのだろう。そんな心が集結した結果、美鈴はクラスから孤立していった。

なぜ、そのようなことをしたのかと尋ねる教師に、少女は泣きながら、こう答えたそうだ。

「『おはよう』って言ったのに、美鈴が返事をしてくれなかったから」

それだけで……？

美鈴に、少女の声が届いていなかっただけかもしれない。美鈴が、返事ができない状況にあっただけかもしれない。それなのに……。

大人になった今は、そう思う。だが、思春期真っ只中の中学生は、他人の些細な言葉に傷つき、ほんの小さな表情の変化に不安を抱く。そして、一刻も早く「自分」という存在を認めてもらおうと、日々、葛藤しているのだ。だが、あせればあせるほどその道は遠く、そして時に、取り返しのつかないことになってしまうということを、彼女らは知らない。

外に出ると、冷たい風が頬を切り裂いた。風の音が、誰にも届かなかった美鈴の泣き声に聞こえた。

十　引き継がれた心

病院から電話があったのは、謹慎初日のことだった。

電話に出るなり、医者は無機質な声でこう告げた。

「検査の結果が出ました。緊急に、手術する必要があります」

（やっぱりな）

覚悟はしていたが、いざそれが現実になると、頭をバッドで思い切り殴られたような衝撃があった。

「水島さんの病名ですが……」

「あ、ちょっと待ってください」

俺は、医者の言葉を慌てて遮った。「はい？」という訝しげな声に、医者のしかめっ面が目に浮かぶ。

「病名は、言わないでください」

「はい？」

しかめっ面が、二倍になるのがわかった。

「病名は、聞きたくないんです」

「そう言われましても……」

今度は、医者の困惑した顔が見えた。

「そちらは、患者の気持ちを尊重していただけないのですか？」

「そういう訳では……。ですが、説明をしないまま手術というのは……」

「それなら、手術は受けません」

「な、なんですって？」

「病名を明かさないまま、手術していただけませんか？」

俺はこの時、自分の肝っ玉がこれほどまでに小さいということに初めて気付かされた。人前では横柄に振る舞っているが、俺の肝っ玉はきっと、ゴルフボールよりも小さいだろう。

「先生、お願いします」

汗ばんだ手で携帯電話を握り締めたまま、俺は無意識に頭を下げていた。

暫しの沈黙。

受話器の奥から、万年筆の筆先が机をつく音だけが聞こえる。暫くしてその音は消え、代わりに重いため息が漏れてきた。

「やはり、それはできませんね。手術をするためには、ご本人に手術同意書にサインしていただくことが必要なのです。緊急を要する場合などは、ご家族の方に手術同意書にサインしていただくこともあるのですが、水島さんにはご家族はいらっしゃらないとおっしゃっていましたし……」

「義父がいます」

俺は、無意識のうちに義父の存在を口にしていた。

「はい？」

「すみません。本当は、義父がいるんです」

嘘をついた子どものように、萎んだ声で白状する。

「義父に、代理でサインしてもらってもいいでしょうか？」

あからさまなため息の後、しばらくの間沈黙が続いた。

「わかりました。ですが、ご本人がサインできる状態にありながらご家族にサインをしていただくことは、本当は当病院の規則に反しています。こちらは一切責任を持てませんが、それでもよろしいでしょうか？」

医者の不機嫌さを露わにした声が、俺の願いを渋々受け入れた。

「それではお義父様に、明日午後二時に病院に来られるようお伝えください。そこで水島さんの病気の説明をし、手術同意書に代理で署名していただきます」

「わかりました。ありがとうございます」

俺はもう一度、見えない相手に深々と頭を下げた。

入院についての簡単な説明を済ませると、「では、明日の午前中、病院にいらしてください」と言って、向こうの方から電話は切れた。病院の規則とやらはよくわからないが、田舎の病院だからこそ叶えられた願いかもしれないと、俺はここに住んでいることに初めて心から感謝した。

田舎の病院といっても、そこは三階建てで入院患者も受け入れられる立派な病院だ。個人病院だが、医療設備も田舎にしては整っているらしい。あまり感じは良くないが、腕は確かな医者だと誰かに聞いたことがあった。

入院期間は、約一週間らしい。短いな、と俺は思った。だがそれは逆に、俺の命の短さを示しているような気がした。とりあえず手術を終わらせ、あとは可能な限り、住み慣れた家で過ごせということか。いずれにせよ、謹慎処分のうちに退院できればと思っていたが、どうも、あと二、三日は休みが必要のようだ。

俺はズボンで手の汗を拭うと、携帯電話を握り、義父の番号を呼び出した。

「はい」

鋭い眼光が見えるようなドスのきいた声が、俺の鼓膜を震わせた。

「私です」

「何だ？」

仕事の最中に何の用だと、義父の短い言葉が語っている。

「実は、お義父さんにお願いがありまして」

「お願いだと？」

俺は義父に、明日入院して明後日手術を受けることを告げた。義父は何も聞かずに、手術同意書にサインすることを承諾してくれた。

「わかった。明日の午後二時だな」

そう言って、義父は電話を切った。

《大丈夫なのか？》

その一言さえなかったことに、俺は失望した。やはり義父にとって、俺はもはや、「家族」とは呼べない存在なのだろう。

ひとつ大きく深呼吸し携帯電話を握り直すと、俺は会社の番号を呼び出した。二回目のコールで、呼び出し音が途切れた。

「はい、平安会館、高梨が承ります」

やっと噛まずに言えるようになったな、と言うと、高梨の無邪気な笑顔が見えた。

「水島さん」

高梨の声に、緊迫した心が、スーっと軽くなっていく。

「手術の日が決まった」

唐突な俺の言葉に、高梨の笑顔が固まるのがわかった。

「明日入院して、明後日が手術だ。謹慎処分プラス、二、三日の休みをもらうことになる」

恐怖心を悟られぬよう、一息に言葉を吐き出す。

「水島さん、何の病気なんっすか?」

ひきつった高梨の表情が見え、俺は高梨がいることのありがたさを改めて感じた。自分という人間を心から心配してくれる人が一人でもいれば、人は生きていける。

「大丈夫。何でもないさ」

「何でもないって……。病名、教えてくださいよ」

今にも泣きだしそうな高梨の声に、俺は本当のことを話すことにした。

「実は、俺も聞いていないんだ」

「へ?」

間の抜けたような高梨の声。

「医者に、病名は手術が終わるまで明かさないでくれと頼んだんだ」

「何でっすか?」

「何でって……」

「もしかして、怖いからっすか?」

「ま、まぁ、わかりやすく言えば、そういうことだ」

「でも、ちゃんと説明受けた方がいいんじゃないっすか?」

高梨の言う通りだ。病名も知らぬまま手術を受けるなんて、普通はありえない。

「いや、今は聞きたくないんだ。聞いてしまったら、手術を受ける気力さえもなくなってしまいそうだからな」

俺は、自分の弱さを高梨にさらけ出した。

「大丈夫っすよ、水島さん」

急に明るい声になり、高梨は俺を励ましてくれた。何の根拠もない「大丈夫」という言葉。だが今の俺にとっては、この高梨の言葉が、一番のお守りになるような気がした。

「ありがとな」

俺は高梨に心から礼を言うと、社長には手術が終わってから報告すると伝えて、電話を切ろうとした。

「水島さん」

遠くから聞こえてきた高梨の声に、俺は慌てて受話器を耳に戻した。

「ん？」

「水島さん、頑張りましょうね」

そう言うと、高梨の方から電話を切った。

ツー、ツー、という電子音を聞きながら、俺は違和感を覚えた。

《水島さん、頑張りましょうね》

目を閉じ、高梨の言葉を頭の中で何度も繰り返す。

（なぜだ）

高梨の笑顔を思い出す。切れ長の目、まるっこい鼻、八重歯がのぞく幼い口元。

（なぜ高梨は、あんな言い方をした？）

目を閉じたまま、無意識に十年ほど前に記憶を巻き戻す。忘れることができない、あの葬儀の記憶を。次第に色付いてくる記憶。俺は全身に鳥肌が立っていくのを感じた。

《僕のお父さんは、『頑張れ』なんて、一度も言わなかった》

あの時の少年の刺すような瞳が蘇り、俺は生唾をごくりと飲み込んだ。

似ている。

あの少年の瞳と、高梨の瞳が似ているのだ。

まさか。

そんな思いが頭をよぎる。だが、さっきの高梨のあの言葉が、俺の疑念を確信へと導いていった。

普通の人なら、きっと「頑張って」と言うだろう。高梨がそう言わなかった理由は、きっと、高梨の父親の心の中にあるに違いない。親の心は、子の心に引き継がれていくのだ。

《主人はいつも、『頑張れ』ではなく、『頑張ろうね』と言っていました。『頑張れ』って、何だか他人事みたいな、突き放されたような感じがしませんか？　だから主人は、自分の立場から『頑張ろうね』と言っていたのだと思います》

あの時の母親の言葉が、鮮明に蘇ってきた。

目を開けた。

年のせいだろうか。

最近どうも、涙腺がゆるくなってきたような気がする。

十一　家族

天井が、ぼやけてきた。

麻酔の注射を打たれたのは、何分前だったか。

次第に遠のいていく看護師たちの声の中、あの医者の声が耳に入る。

「水島さん、大丈夫ですよ。私に任せてください」

ヘドが出るほど嫌いだったその医者が、今は神様のように見える。

「よろしくお願いします」

そう言ったつもりだが、それが言葉になったかどうかは定かでない。そうして俺は、深い眠りへと落ちていった。


何やら、周りが騒がしくなってきた。俺は今、一体、どこにいるのだろうか。

「水島さん」

ふと聞こえてきた高梨の声。手術の前に、今日は葬儀が立て込んでいると聞いていたから、高梨がここにいるはずがない。ということは、これは幻聴だ。幻聴の症状が現れたということは、俺は今、生死の境を彷徨っているのだろうか。

今まで、いろんなことがあった。

嬉しいことよりも、悲しいことの方が多い人生だったような気がする。

でも、今、はっきりと言える。

俺は、生まれてこれてよかった。

例え、もうすぐ散るとしても。

「水島さん」

再び、高梨の声が聞こえた。俺が散る時は、もう、すぐそこまで来ているようだ。

（高梨、今まで、ありがとな）

少年時代の高梨と、青年になった高梨に、心の中で礼を言った。不思議と心が落ち着き、自然に口元に笑みが浮かぶのがわかった。

（さよなら）

そう言おうとした時、誰かに左目をこじ開けられた。

「水島さんってば」

つり上った左目で、声の主を確認する。

「何なんっすか、水島さん。妙な笑いなんか浮かべちゃって、気持ち悪い」

高梨のふざけた顔の輪郭が、次第にはっきりしていく。

「俺は、生きているのか……？」

「当たり前じゃないっすか。盲腸で死ぬ人なんて、いないっすよ」

「も、盲腸？」

俺は瞬時に、意識を完全に取り戻した。

「そうっすよ。水島さんの病名は、も・う・ちょ・う」

全身の力が抜けていくのがわかった。あれほど恐怖心を露わにしていた自分が、恥ずかしくなる。

「もうちょう、もうちょっと早く病院に行けばよかったのに」

にやけ顔で、くだらない冗談を言う高梨。

「いいから、その汚い手を放せ」

俺は、まだつり上がったままになっている左目で高梨を睨み付けた。

「あ、あぁ、どうも、すんません」

慌てて俺の瞼から手を離すと、高梨は八重歯をのぞかせた。そんな高梨を見ながら、ふと疑問が浮かぶ。

「ん？　でも、盲腸って痛み出してから十日間くらいで痛みが限界になるって聞いたことがあるぞ。俺が腹に痛みを感じ始めたのは、確か、三ヶ月ほど前だったが……。まぁ、我慢できないほどの痛みになったのは、ついこの前だけどな」

あぁ、と高梨が呟く。

「それ、うんこっすよ」

「は？」

思いがけない「下ネタ単語」の登場に、俺は目を丸くした。

「水島さんの腹ん中、すげぇたくさんの『うんこ』がたまってたらしいっすよ。水島さん、便秘してたんっすか？」

「え？　あ、あぁ、そう言えば、そうかもな」

恥ずかしさで、顔が熱くなる。

「ダメですよ。ちゃんと水分をたくさんとって、食物繊維っていうものをたくさん食べて、それから、それから……、あ、そうそう、適度な運動もしないと。そうしないと、腸が働かなくて、うんこがたまって、で、腹が痛くなるんっすよ」

得意げに、俺に説教する高梨。

「お前、何でそんなこと知ってるんだ？」

ベッドに横たわったまま、高梨の鼻の穴に向かって尋ねる。

「インターネットで調べたんっすよ。『便秘』で検索かけたら、すごい数ヒットしちゃって。あ、食物繊維が多い食材って、知ってます？　ゆでひよこ豆、エシャロット、とんぶり、それから……」

「もうちょっと、メジャーな食材はないのか？」

指を折りながら初めて聞くような食材ばかりを挙げる高梨を、俺は笑いながら遮った。

「そうじゃなくて、お前、何で知ってるんだ？　その、あの、俺の腹の中の状態を、だ」

素直に、「何で俺の腹の中にうんこがたまっていたことを知ってるんだ？」と聞けない自分が情けなくなる。まるで、思春期真っ只中の女の子だ。

「あぁ、水島さんの腹ん中がうんこだらけだったって、何で俺が知ってるかってことっすか？」

俺の言葉を、わかりやすく噛み砕く高梨。この技術を、なぜこいつはもっと仕事の大切な場面で発揮できないのだろうか。

「お医者さんに聞いたんっすよ」

俺の複雑な胸の内を全く感じていないような様子で、高梨が口を開く。

「手術の後、お医者さんが教えてくれたんっすよ。水島さんの盲腸の手術は無事に成功したって。で、腹ん中がうんこで真っ黒だったから、手術の前に浣腸して、それも取り除いておきましたって。まぁ、うんこ除去作業は、お子様ランチのおまけって感じっすかね」

俺が三ヶ月間も苦しめられてきた腹の痛みは、「うんこ」が原因だったのか。そっと腸の辺りに手をやる。そういえば、入院する前より、幾分ぺったんこになっているような気がする。これからはどんなに忙しくても、水分を取って、できるだけ「ゆでひよこ豆」とやらを食べるようにしようと、俺は静かに心に決めた。

「手術、無事に終わってよかったっす。俺、ものすごく嬉しいっすよ」

やっと高梨の口から「うんこ」という言葉が消えたことにホッとする。

「お前、今日、仕事は？」

まだ余韻が色濃く残っている恥ずかしさに、俺は「仕事」という言葉で蓋をした。

「今日は、忙しいんじゃないのか？」

「大丈夫っすよ」

あっけらかんとした様子で、高梨が言う。「リンゴでも食います？」と言いながら、高梨が買い物袋の中をゴソゴソとあさり出した。

「これ、会社のみんなからの差し入れなんっすよ」

パンパンに膨れた買い物袋を、高梨が嬉しそうに差し出す。

「悪いな。謹慎処分の上、入院なんて迷惑ばっかりかけてるのに、こんなによくしてもらって」

「いいんっすよ。一人三百円出しで済んだっすから」

高梨の正直すぎる言葉に、俺は笑った。手術の跡が痛んだが、気にならなかった。

「ありがとな。ほら、もう仕事に行け。今日は、目が回るほど忙しいんだろ？」

「大丈夫ですって」

「お前の『大丈夫』は当てにならん。今日の葬儀は何件だ？」

「三件っす」

「ほら、みろ。忙しいに決まってるじゃないか。こんな日に休んだりしたら、明日、社長から大目玉を食らうぞ。いいから、さっさと仕事に行け」

本当は、もう少し高梨と話をしていたい気もした。だが、会社や高梨の立場を考えると、自分の気持ちばかりを押し出すわけにはいかなかった。

「そう言われても……」

高梨は困ったように、視線を宙に泳がせた。

「俺、今日は会社に行けないんっすよ」

「は？　何でだ？」

「社長が、俺を強制的に休みにしたんっすよ」

「お前、何かやらかしたのか？」
「いや、そうじゃなくて」
「それじゃ、何でだ？」
「今日は一日、水島さんの傍にいてやれって、社長が」

高梨は、面会時間ギリギリまで俺の傍にいてくれた。

くだらないことばかり話していたが、俺にとっては、とてつもなく幸せな時間に感じられた。大袈裟かもしれないが、あぁ、俺は生きているんだと感動すら覚えた。

ナースコールを鳴らし、看護師をナンパしようとした高梨。落ちる速度の遅い点滴を見つけ、「早く終わらせてやるっすよ」と、点滴筒をいじろうとして俺に怒鳴られた高梨。ベッドのレバーを猛スピードで回し、俺をサンドイッチにしようとした高梨。めちゃくちゃなことばかりやってくれたが、俺は、高梨という人間が好きだ。

高梨が帰ると、病室は、宇宙の果てのような静寂に包まれた。その静寂を、ノックの音が破った。高梨が忘れ物でも取りに戻ってきたのかと思ったが、すぐに思い直した。高梨は、ノックをするような人間ではない。

「失礼します」

高梨の高笑いがまだ耳に残っているからか、部屋に現れた医者の声がとてつもなく低く感じられた。

「気分は、どうですか？」

「気分はいいです。先生、この度は、本当にありがとうございました」

俺は、医者に向かって深々と頭を下げた。

「いえ」

医者は短くそう言うと、俺の枕元に置いてあるコップに目を移した。

「それは？」

「あぁ、今日来てくれた同僚が、道端に咲いていた花を摘んできたんですよ。名前も知らない花だけど、一生懸命咲いていて、きれいだったからって。まったく、花屋さんで花を買うってことを、知らないんですかね、あいつは」

高梨の笑顔を思い出し、俺の口元が自然にほころぶ。

「高梨さん……、って、おっしゃいましたっけ？」

医者が唐突に、高梨の名を口にした。

「そうです。あ、先生、手術の後、あいつに私の腹痛の原因を説明してくださったそうで、ありがとうございました」

俺は「盲腸」と「うんこ」を、「腹痛の原因」という言葉でひとまとめにした。俺の言葉を聞いて、医者は「手術の後……?」と呟きながら小さく首を傾げた。

「高梨さんが、そうおっしゃったんですか?」

「ええ、そうですけど」

暫しの沈黙。ナースステーションに置かれている柱時計が午後八時三十分を告げる音が小さく聞こえた。

「そうですか。高梨さんからは口止めされているんですが、実は二日前、高梨さんが病院にいらしたんです」

「高梨が?」

オウム返しに、俺は尋ねた。二日前と言えば、俺が高梨に、手術の日程が決まったと電話をした日だ。

「そうです。高梨さんは私に、水島さんの病気は何なのかと聞きに来られたんです」

医者はそう言うと、窓のカーテンをそっと開けた。

「私は、ご家族以外の方にはお話しできないと言いました。ですが高梨さんは、一向に私の言い分を聞いてはくださいませんでした。そして、涙を流しながら、こうおっしゃったのです。『家族って、何ですか? 血がつながってるってことですか? 苗字が同じってことですか？　本当の家族って、そんなことじゃないんじゃないですか？　その人が不安な時、そばにいたいと思うのが、その人のことが心配で心配でたまらないのが、本当の家族ってもんなんじゃないんですか？』と」

（あいつ……）

高梨の泣き顔が目に浮かんだ。

「あいつの泣き顔、汚かったでしょう？」

俺が冗談交じりに言うと、医者が小さく声を出して笑った。こんなに朗らかな医者の笑顔を見たのは、初めてかもしれない。

「高梨さんの想いを知った私は、高梨さんに水島さんの病状を話す決意をしました。私は、水島さんの病名は『盲腸』だと高梨さんに話しました。手術さえすれば、腹部の痛みはなくなると。そして、手術は、ほぼ百パーセント成功すると。すると高梨さんは、また涙をポロポロと流しながら私の手を握り、こうおっしゃったのです。『あなたは、神様です』と」

医者はもう一度、声を出して笑った。俺も、腹の痛みを忘れて大笑いした。

「水島さん」

外に目を向けたまま、医者は俺に語りかけた。

「あなたは、幸せ者だ」

医者の背中が、大きく見える。

「あんなに純粋に人を想える人なんて、今の世の中、そうはいません」

「そうですね」

「一生に一人でいい。自分のために涙を流してくれる人に、私もいつか出逢えたらと願っています」

外に向けていた視線を俺に戻し、医者は照れ臭そうに笑った。

「実は私、まだ、独身なんです」

この医者なら、いつかきっと幸せになると、彼のために咲いてくれる一輪の花が見つかると、そのとき俺は確信した。

ドアの方に行きかけた医者は、ふと立ち止まると、もう一度コップに挿してある花に目を向けた。

「その花、花屋さんで売られているどの花より、私には美しく見えます」

そう言うと医者は、「では、失礼します」と襟を正し、部屋を出て行った。

静寂を取り戻した病室。

天井をみつめ、俺は高梨の言葉を思い出した。

《今日は一日、水島さんの傍にいてやれって、社長が》

直子の自殺で、親子の縁は切れたと思っていた。もう二度と、心を通わせることはできないと。そんな義父が、俺のことを気遣ってくれたなんて……。

《その人が不安な時、そばにいたいと思うのが、その人のことが心配で心配でたまらないのが、本当の家族ってもんなんじゃないんですか？》

医者が教えてくれた、高梨の言葉。あぁ、俺にも「家族」と呼べる人がいるんだと思うと、胸に熱いものが込み上げてきた。

コップに生けられた、名も知らない花に目を移す。

そして、心の中で、二人の家族に「ありがとう」と言ってみる。

それから慌てて、「格好つけてんじゃねぇ」と高梨に向かって呟きながら、俺は高梨が皮を剥いてくれたリンゴに手を伸ばした。医者には、まだ食べ物は口にするなと止められていた。だが、ひと口だけ、どうしてもリンゴを食べたくなったのだ。歪な形をしたリンゴを、前歯で小さくかじってみる。甘酸っぱいリンゴの味に、しょっぱさが加わり、やがてそのしょっぱさは、甘さも、酸っぱさも消し去った。そのひと口は、今まで食べたどのリンゴよりも、おいしく感じた。

謹慎処分と合わせて十二日後に、俺は会社に戻った。

「この度は、いろいろとご迷惑をおかけしまして、申し訳ございませんでした」

退院祝いの小さな花束を受け取り、俺は皆に詫びを言った。

「まったくっすよ。水島さんがいない間、大変だったんっすから」

嬉しそうに、高梨が言う。

「大変だったな。体はもう、大丈夫なのか？」

社長が、心配そうに尋ねる。父親の顔が、社長の顔よりも色濃く出ているような気がした。

「大丈夫です。ご心配をおかけして、すみませんでした」

頭を下げる俺の肩を軽くたたき、「今日からまた、ビシビシ鍛えるぞ」と言いながら社長は姿を消した。同僚達も、「まだ無理しないでくださいね」と口々に言いながら、通夜や葬儀の準備のために事務室を出て行った。

「おい」

同僚たちに続いて事務室を出ようとする高梨の背中に、慌てて声をかける。振り向いた高梨の笑顔に一瞬だけ躊躇したが、どうしても確認しておきたいことがあった。

「ひとつ、聞いてもいいか？」

「それは、内容によりますけど」

そう言いながら、高梨が戻ってくる。

「お前、家族はいるのか？」

採用面接の時の履歴書に記載があったかもしれないが、全く覚えていなかった。採用関係の書類は金庫に入れられており、その鍵は社長が持っている。唐突な俺の質問に、高梨は一瞬キョトンとしたが、すぐに笑顔になった。

「お袋がいますよ」

これ以上聞いていいものかと迷ったが、ここまできたら、最後まで聞くしかない。

「父親は？」

「親父は、いないっす」

あっけらかんと、高梨が言う。

「俺が小学生の時に、病気で死んじゃったんっすよ」

やっぱり間違いない、と俺は思った。

「お父さんの葬儀は、ここでやったのか？」

「そうっすよ。だってこの町に、葬儀社はここしかないっすから」

「あ、そっか」

「何で、そんなこと聞くんっすか？」

高梨は、あの時のことを覚えていないのだろうか。自分の心を傷つけた、俺という最低の男のことを。

「あ、いや、何となくな」

言葉を濁しながら、コーヒーを喉に流し込む。やっぱり、高梨が入れてくれたコーヒーは最高に美味い。

「じゃ、俺、会場の設営に行きますんで」

そう言って俺に背中を向けた高梨を、俺は慌てて呼び止めた。不思議そうな顔で振り向く高梨。恐る恐る、俺は一番聞きたかったことを口にした。

「お父さんの葬儀の、担当の人を覚えているか?」

高梨は、俺の瞳の奥をじっとみつめた。俺の鼓動が、一気に加速する。高梨の口が、ゆっくりと開いた。

「いや、そんな昔のこと、もう覚えてないっすよ」

ホッとしたような、ちょっと残念なような、複雑な思いが俺の胸の中をグルグルと渦巻いた。少しは、覚えていてほしかった。でも、俺のあの失言だけは、忘れていてくれてよかったのかもしれない。

「そうか、そうだよな」

笑いながら、俺は「もう行け」と手で合図をした。「そいじゃ」と出口に向かった高梨がドアの前で立ち止まり、振り返らずに言った。

「よく覚えてないけど、あの時の担当の人がいい人だったってことだけは、何となく覚えてます」

暫くの間、高梨が消えたドアをみつめ、俺は放心状態で立ち尽くしていた。

（あいつは、俺のことを覚えていた）

なぜ、一度は覚えていないと言った俺のことを、その直後に撤回するようなことを言ったのか。俺には、その理由が何となくわかるような気がした。

「覚えていない」と言った高梨に、俺は笑いかけた。いや、笑いかけたつもりだった。だがその笑顔は、「覚えていなかった」という寂しさに負けていたのだろう。そのことに気付いた高梨は、俺に最高の褒め言葉をくれたのだ。

高梨は、俺が父親の葬儀の担当者であったということを、最初からわかっていたに違いない。俺が、少年だったあいつの心を傷つけた人間だということも、最初からわかっていたはずだ。

もしかしたら、あいつは俺のことを、ずっと見張っていたのかもしれない。また遺族に対し「頑張れ」と言ったりはしないか、何気ない言葉で誰かを傷つけたりはしないか、ずっと俺の傍で、見張っていたのかもしれない。

（いや、違う）

俺は、すぐに思い直した。

あいつは俺のことを、ずっと見守ってくれていたに違いない。俺がまた「頑張れ」と言わないように、何気ない言葉で誰かを傷つけないように、俺の凍りついた心に温かい心を寄り添わせ、いつも傍で見守ってくれていたに違いない。

高梨と一緒にいるようになってから、俺は変わったような気がする。「死」に慣れてしまっていた心が消えた。人の涙に、心が震えることを知った。そして、心から笑うことの喜びを思い出した。高梨に何を言われたのでも、何をされたのでもない。ただ、同じ時を共に過ごしてきただけだ。心は言葉を上回る。ただ黙って寄り添ってくれる心ほど、人を幸せにできるものはない。

十二　さよなら、最愛の人

五年が経った。俺は五十八歳になり、定年退職まであと二年を切った。

仕事を早目に切り上げると、俺はスーパーで果物を買って病院へと向かった。病院までは、車で三十分ほどかかる。俺が盲腸の手術を受けた町の病院ではなく、市の中心部にある大きな病院だ。

十分ほど車を走らせた時、無性に喉が乾いてきた。俺は古びた自動販売機を見つけると、ゆっくりと路肩に車を止めた。

車を降り、凍ったような空を見上げる。ここは都会とは違い、夜は夜でいられる。人工の灯りが少ないからだろう。月夜でない日は、星がよく見える。

人は死んだら星になる。

もしこれが本当なら、俺が今まで見送ってきた命も、どこかで輝いているのだろう。そして、その命にとって大切な人を、いつも見守っているに違いない。

ふと、直子はどこにいるのだろうと思った。広い空を探してみる。子どもみたいだと思いながらも、俺は探し続けた。宙を泳ぎ続ける俺の視線はオリオン座を通り過ぎ、ある星の所で止まった。

オレンジ色の小さな星。

大きくもなく、明るくもないその星は、他の人の目には止まらない無数の星のひとつにすぎないだろう。だが俺は、その星から目を離すことができなかった。

（直子……）

心の中で呼びかけてみる。

「直子」

今度は、声に出して呼んでみる。妻の名を口にしたのは、何日ぶりだろうか。

人は死んでも、心の中で生き続ける。

そういう言葉を、よく耳にする。だがそれは、永遠ではない。偉業を成し遂げた人でない限り、生き続けることができるのは家族の心の中だけだと俺は思っている。直子には子どもがいない。だから俺が死んだら、誰かの心の中で生きている直子もまた死んでしまうことになる。こうして人は、二度の死を経験するのだ。

病院に着いたのは、八時近くだった。駐車場に車を止め、買い物袋を手に車を降りると、俺は目の前に立ちはだかる大きな箱を見上げた。

この箱の中で、一体、何人の人が死の恐怖と闘っているのだろう。そして、明日を迎えられない人が、何人いるのだろう。そう考えると、今こうして白い息を吐いていること自体が、奇跡のように思えた。

病院の裏口から入り、エレベーターに乗り込む。扉が閉まりかけた時「すみません」と言う細い声が聞こえ、俺は慌てて「開」のボタンを押した。ゆっくりと開く扉の向こうから現れたのは、一人の老女だった。八十過ぎくらいだろうか。白くなった髪をきれいにまとめ、今時にしては珍しく、和服に身を包んでいた。

「どうも、すみません。ありがとうございます」

エレベーターに乗り込むと、彼女は丁寧に頭を下げた。

両手が荷物でふさがっている彼女を気遣い、声をかける。

「何階ですか?」

「すみません、八階をお願いします」

八階。

この階がガン病棟であるということを、俺は知っている。天国に一番近いと言われる八階のボタンを押し、俺はただ黙ることしかできなかった。葬儀屋という仕事をしていても、いざ「死」を見据えた「生」と向き合っている人を前にすると、何も言うことができない。己の無力さを、俺は静寂の中で痛いほど感じていた。

五階でエレベーターが止まった。軽く会釈をし、逃げるようにエレベーターを降りようとする俺の背中を、彼女の声が追いかけてきた。

「あの」

彼女は片手の荷物を下に置くと、もう片方の手に持っている袋の中からミカンを一個取り出し、俺に差し出した。

「これを、あなたのお見舞いの方に」

驚いて彼女の顔を見ると、彼女はニッコリと微笑み、こう言ったのだ。

「これは、魔法のミカン。これを食べると、あなたの大切な人は、きっと元気になりますよ」

戸惑う俺に、彼女は「どうぞ」と目で促した。両手でミカンを受け取り礼を言うと、扉の向こうに彼女の笑顔は消えた。

ひとりになった今、彼女の笑顔が消えてしまっているのは確かだ。八階という病棟には、人の笑顔を奪う恐ろしい力がある。そんな状況の中でも、俺みたいな他人のために笑顔をつくってくれた彼女。八階の静まり返った廊下を歩く彼女の姿を思い描き、俺はもう一度、心の中で礼を言った。

薄暗い廊下を、つま先歩きで目的地へと向かう。

《松波　平二郎》

個室の見慣れた名前を確認し、小さく深呼吸する。息を吐き終わった時、俺の顔には、つくり笑顔が完成していた。

ドアをノックすると、「はい」と、しゃがれた声が返ってきた。

「失礼します」

静かにドアを閉め、俺は、かつては鮮やかなピンク色だっただろうカーテンをすり抜けた。

「ご気分は、いかがですか？」

横になっていた体をゆっくりと起こし、義父は未だ鋭い眼光を俺に向けた。

「相変わらずだ。熱が一向に下がらん」

言葉の最後は、乾いたような咳に変わっていた。

「大丈夫ですか？」

慌てて義父の背中に手を伸ばす。背中をさする俺の手のひらに、ゴツゴツしたものが当たった。いつのまに、こんなに痩せてしまったのだろう。ついこの間まで会社で俺を怒鳴り散らしていた社長の、いや、義父の丸い顔が、遥か昔のことのように懐かしく思い出された。

こじらせた風邪で肺炎を起こし、入院したのは二週間前。高熱で食事も喉を通らない義父の体は、すっかり衰弱しきっていた。

「食事はなさいましたか?」

咳が落ち着くと、俺はベッドの脇にある丸椅子に腰かけながら尋ねた。

「いや、どうも食欲がなくてな」

「駄目ですよ、きちんと食べないと」

「お前に指図される覚えはない」

今は、義父の憎まれ口さえ嬉しく感じる。

「病気の時くらい、言うことを聞いてくださいよ」

そう言いながら、俺はふと、さきほどもらったミカンのことを思い出した。

「ミカン、食べませんか?」

「ミカン?」

「ええ、先ほどエレベーターの中で、おばあさんに頂いたんです」

「知り合いか?」

「いえ、今日、初めて会った人です」

「そうか。見知らぬ奴にミカンをくれるなんて、珍しい人だな」

「ええ。その人、こう言っていましたよ。『これは魔法のミカン。これを食べると、あなたの大切な人は、きっと元気になりますよ』って」

「ほう。それでお前は、このミカンを俺にくれるのか?」

「はい?」

「いや、このミカンは、お前の大切な人に、と言われたんだろう?」

ちょっと口ごもる義父。厳格な義父にも可愛いところがあるんだな、と妙に感動してしまう。

「お義父さんは、私の大切な人ですよ」

「心にもないことを言うな」

どこまでも頑固な義父。だが、この人が俺の大切な人であるということに間違いはない。

「ミカン、食べないんですね」

ちょっと、意地悪を言ってみる。義父は慌てたように、ベッドにもたれていた背中を起こすと、袋に入れかけたミカンに手を伸ばした。

「いや、食べてやってもいいぞ」

「素直に『食べたい』って、おっしゃったらどうですか?」

「何を、生意気なことを」

子どものように、義父はプイと顔を横に向けた。尖った横顔に、胸が締め付けられるような切なさを感じる。

「冗談ですよ。はい、どうぞ」

俺が差し出すと、義父はそのミカンをまるで小鳥のヒナのように、そっと両手で受け取った。そして暫しの間じっとミカンをみつめると、ふと、小さくため息をついた。

「どうかしましたか？」

果物をテーブルに並べていた手を休め、俺は義父に目をやった。

「いや……」

義父はもう一度ため息をつくと、漆黒の窓の外に視線を投げた。

「その人が言った『魔法のミカン』を信じようとする自分が、何か不思議でな」

義父の「生きたい」という心の叫びが、その時、初めて聞こえたような気がした。いつも胸を張り、眉間に深い皺を刻み込み、俺たちを怒鳴り散らしていた社長は、もう、ここにはいない。人は、自分の「死」が見えた時、初めて「生きたい」と心から願うのかもしれない。

「大丈夫ですよ。お義父さんは、死んでも生き続けますよ」

「何を、意味のわからんことを」

義父は皮をむくと、ひと粒のミカンをゆっくりと口の中に運んだ。

「うまいな」

義父の口元がほころぶ。そんな義父を見ながら、このミカンは本当に「魔法のミカン」なのかもしれないと俺は思った。

「ほれ」

義父は、ひと粒のミカンを俺に差し出した。

「お前も食ってみろ」

「いや、いいですよ。お義父さんが食べてください」

「いいから、黙って食え」

義父は「ふん」と、もう一度ぶっきらぼうに俺にミカンを差し出した。そして、ボソッとこう言ったのだ。

「これを食えば、お前も長生きできるかもしれん」

大袈裟かもしれないが、命を分けてくれたような義父のその言葉を、俺は心から嬉しく思った。「ありがとうございます」とミカンを受け取り、俺はその小さな命の灯を口に入れた。甘酸っぱさが、口いっぱいに広がる。「おいしいですね」と言うと、義父は「ほれ」と、もうひと粒ミカンをくれた。

結局、俺は義父からミカンを半分ももらった。「うまかったな」と笑う義父。その義父の笑顔を見ながら、俺は願った。どうか、長生きしてくださいと。一分でも、一秒でもいい。神様が決めた寿命よりも長生きしてくださいと、俺は心の底から願った。

それから八日後、義父は眠るように息を引き取った。八十六年の人生。楽しさ、辛さ、嬉しさ、悲しさ、怖さ、切なさ、虚しさ、怒り、慈しみ……。人間が感じることができるありとあらゆる感情を、義父は経験したのだろう。「生」と「死」の境界線は一瞬だ。その一瞬で、その人の全てが思い出に変わる。

義父の最期は、義母と一緒に看取った。

義母と顔を合わせたのは、直子の葬儀以来だった。直子と義父。義母にとって最愛の命の死を迎えた時だけ、義母と俺は顔を合わせているのだと思うと、自分が死神のように思えてきた。皺が増え、髪は白くなり、いくらか小さくなった義母。「お久しぶりです」と言う俺に、義母は軽い会釈で応えただけだった。

俺に向けられた義父の最後の言葉を、俺は絶対に忘れない。

「人は、死をもって生きた証となる。だから、ひとつひとつの葬儀に、全魂を込めろ。決して死に慣れてはならん。人が死ねるのは一度だけだ。そのことを、絶対に忘れるな。

それと、もうひとつ。お前のその手は、誰かから何かを授かるためにあるのではない。

誰かに、何かを授けるためにあるのだ」

苦しそうに浅い呼吸を繰り返し、義父は、いや、社長は俺を睨みつけながらそう言った。そして義父は義母に顔を向け、微笑みながらこう言ったのだ。

「もう、許してやれ。こいつは、お前にとってたった一人の家族だ」

義父の元に嫁ぎ、一人娘を亡くした義母に残された家族は、義父ただ一人だった。その義父が死を迎えるということは、義母が独りぼっちになることを意味する。それを案じた義父は、この言葉を通して、俺に「妻を頼む」と言っているのだ。俺はチラリと義母に目をやった。俯いたまま唇を噛みしめる義母に、義父はもう一度微笑みかけた。

「千代子」

はじかれたように、義母が顔を上げた。義父が義母を名前で呼ぶのを、俺はその時、初めて聞いた。いつも「お前」と呼ばれていた義母は、久々に呼ばれた自分の名に目を潤ませた。

「千代子」

もう一度義母の名を呼ぶと、義父は静かに息を引き取った。

暫しの間、沈黙が続いた。義母の頬を、涙が静かに流れ続けている。俺は黙ったまま、義父の穏やかな死に顔をみつめていた。

「主人は……」

義母が、背中で俺に語りかける。

「主人は私に、何と言いたかったのでしょう」

名前だけを呼び、永遠の眠りについた義父の言葉の続きを、義母は必死になって探していた。

「お義父さんは……」

俺は、知っている。義父が、なぜ義母の名を口にしたのか。あの時、言葉を失った少女、咲に高梨が言っていた言葉を思い出し、あの言葉をそのまま義母に伝える。

「お義父さんは、ただ最期に、愛する人の名前を呼びたかっただけなのだと思います」

驚いたように、義母が振り返った。真っ赤になった目から涙が盛り上がっては、次から次へと足元に落ちていく。この涙の中の一粒でもいい。それが、嬉し涙であってほしいと俺は願った。

「ありがとう」

泣き笑いのような表情で俺をみつめる義母は、今までで一番、美しく見えた。

看護師が義父を霊安室に移すと、俺は会社に電話を入れた。

「はい、平安会館、高梨が承ります」

「おう、俺だ」

「あ、水島さん」

「社長が亡くなった」

電話口の向こうで、高梨が息を呑むのがわかった。感情が溢れぬよう、努めて淡々と話す。

「明日が通夜、明後日が葬儀だ。お前、今からこっちに来られるか?」

「……」

鼻をすすり上げる音が、俺の耳に流れ込んできた。

「葬儀の打ち合わせをしたい。今から、急いで病院に来てくれ」

高梨の返事を待たずに、俺は電話を切った。

四十分後、泣きはらした目の高梨が現れた。霊安室で線香をあげる高梨の肩が、小さく震えていた。

「それじゃ、葬儀の打ち合わせに入ろう」

談話室で休んでいた義母を呼ぶと、俺たちは霊安室の傍に設けられているテーブルに向かい合って座った。自分の隣ではなく、義母の隣に腰を下ろした俺を、高梨が不思議そうに見た。高梨はまだ、社長が俺の義父であるということを知らない。

「今回の葬儀だが、担当をお前に任せたい」

唐突な俺の言葉に、高梨は充血した目を大きく見開いた。

「え？　いや、ちょっと待ってくださいよ。社長の葬儀の担当は、水島さんがすべきでしょう？」

確かに、会社での立場を考えると、俺が担当を務めるのが一番自然なことではあった。だが、俺は社長の息子だ。遺族席に座るのが当然である。

「それが、できないんだ」

意味がわからないというように、高梨が鼻をかみながら俺をみつめ続ける。俺は姿勢を正し、義母に目を向けた。小さく頷く義母を確認し、俺は高梨に向き直ると静かに口を開いた。

「社長は、俺の義父だ」

「へ？」

狐につままれたように、高梨がポカンと口を小さく開けた。

「俺の妻の父親だ。だから、俺は遺族席に座る」

高梨には、死んだ妻がいることは話していた。だが、義父のことは会社の誰にも話していない。

《ここでは、俺は父親ではなく社長だ。甘えは一切許さん》

会社での人間関係に妙な歪みが生じないよう、義父は俺を見据えながら最初にこう言った。そして義父は、最後までその言葉を貫いたのだ。あの時、俺が一週間という短い謹慎処分で許された時、俺は「社長」が「父親」になったからこその処分内容だと思った。だが義父は、俺の想像を、いや、俺の願望を否定するかのように、冷やかにこう言ったのだ。

《お前が息子だから、クビにしなかったのではない。俺がお前の立場でも同じことをしたと思ったから、一週間の謹慎処分にしたんだ》

義父の社長としてのプロ意識の高さを、その時ほど感じたことはなかった。

義父との思い出の中を彷徨っている自分を、俺は無理やり現実へと引き戻した。俺の前で小さくなって座っている高梨は、視線を落としたままだ。下を向いた目から、ポタポタと涙がこぼれ続けている。

「社長の、いや、義父の担当を、引き受けてくれないか？　頼む」

俺は膝の上で拳を握り締め、高梨に頭を下げた。

義父の担当は、何が何でも高梨にやってほしかった。義父の人生を、高梨の口から語ってほしいと思った。高梨の担当は、ベテランの葬儀屋と比べると、まだまだ未熟な部分がいっぱいある。だが俺は、高梨の担当が好きだ。義父もきっと、そう思っていたに違いない。

暫しの間、沈黙が続いた。俺の隣で黙って高梨の口が動くのを待っていた義母が、何かを思い出したように「あっ」と小さく声を上げた。俺と高梨の視線が、同時に義母に注がれる。

「そういえば、主人からあなたに、託けがあったんだったわ」

義母は俺に顔を向けた。

「えっ？　私にですか？」

義母は小さく頷くと、バッグの中から白い封筒を取り出し、両手で俺に差し出した。

《水島　正二様》

達筆の墨に、義父の顔が重なる。俺は小さく深呼吸すると、指の先で丁寧に封を切った。封筒の中からほのかに漂う義父の香りと共に、薄茶色の便箋を取り出す。ゆっくりと開いた便箋の中から、義父の几帳面さを物語るような文字が現れた。

《水島　正二様

君がこの手紙を読んでいるということは、私が死を迎えたことを意味する。今はまだ、自分が死を経験するなんぞ信じられんが、その時は、もうそう遠くはない。

思い返してみると、君と私の間には、いろいろなことがあった。直子が死んだ時は、君を心から憎いと思った。だが、私も男だ。君の気持ちが、わからないわけではなかった。君も随分辛い思いをしてきたのだろう。よく頑張ったな。

君を私の社員として採用したのは、君が直子の葬儀の時に流した涙が本物だと確信したからだ。最愛の人の死を見届けた者は、それを経験していない者よりも「死」に対して敏感に、そして、優しくなる。私の見込みのとおり、君は立派な葬儀屋になった。高梨という若者が葬儀屋として立派に育ってきているのも、君の指導の賜物だ。私の目に狂いはなかった。私が生きた証は、君の中にあるのかもしれん。

最後に、君に頼みがある。私の葬儀は、君が担当してくれ。ただし、葬儀に私情は持ち込むな。感情を押し殺し、職務を全うするのだ。

松波　平二郎》

最後の文書に、俺を怒鳴りつける社長の鬼面が蘇った。俺の頬を流れ続ける涙が、便箋の上に並んだ義父の想いを散らしていく。義母と高梨は、ただ黙って、俺の心が落ち着くのを待ってくれた。

涙を拭うと、俺は背筋を伸ばして義母に向かった。

「お義母さん」

久々に呼ばれるその響きに、義母はハッとしたように俺に顔を向けた。

「お義母さん、お義父さんの葬儀の担当を、私にさせてください」

驚いたように、義母は目を見開いた。

「だって、あなたは遺族席に……」

「私は……」

俺は義母の言葉を穏やかに遮ると、無理やり笑顔をつくった。

「私は、社長に育てていただいた葬儀屋です。社長に、私の成長した姿を見ていただきたいのです。心配なさらないでください。感情を押し殺し、職務を全うします」

暫しの沈黙の後、義母は静かに口を開いた。

「それが、主人が一番望んでいることだと思います。どうぞ、よろしくお願いいたします」

丁寧に頭を下げる義母に、俺も深々と頭を下げた。


翌日の午後七時、故　松波平二郎の通夜が始まった。

通夜には、町内外から大勢の弔問客が訪れた。老若男女問わず、これほど多くの人に慕われていた義父を誇りに思った。だが、この瞬間から、「義父」は「社長」に、そして俺は、「息子」から「担当」へと姿を変えなければならない。

目を閉じ、心の中で「よろしくお願いします」と社長に向かって語りかけた。目を開け、小さく深呼吸する。遺族席の義母、入口に立つ高梨の姿が目の隅に入った。心配そうな面持ちで俺を見守る高梨に向かい、俺は小さく顎を引いた。不思議なくらい、俺の心は落ち着いていた。

静かに、音楽が流れ始める。社長の生涯を読み上げる時だ。だが、俺の手元には、いつものように原稿は置かれていない。そこにあるのは、俺にしか見えない、社長との思い出だけだった。

「故　松波平二郎は、心温かい人でした。平安会館の社長として、また、葬儀屋として、たくさんの命を見送ってきました。

社長は、いつも私たちに言っていました。葬儀中は自分の感情を押し殺せ、と。私たちが葬儀中に涙を流してしまったら、ご遺族やお参りに来られた方の感情を、心の奥に押し込めてしまうことになりかねないからです。

しかし、私は知っています。社長が、誰もいない時に棺の前に立ち、手を合わせていたことを。そして、静かに涙を流していたことを。故人の生涯を想い、旅立つ命ひとつひとつに、心からの涙を流していました。

社長は、こう言っていました。『旅立つ命を想い、一人でも心からの涙を流す人がいれば、それこそが、その命の人生の集大成なのだ』と。旅立つ命には、家族がいる人には家族の、友達がいる人には友達の涙が寄り添います。しかし、身寄りのない人のために、一体誰が涙を流してくれるでしょうか。家族全員に先立たれた人、諸事情により孤独の身になった人。そんな人の旅立ちにいつも優しく寄り添っていたのは、社長の涙でした」

会場には、鼻をすすり上げる音だけが響いていた。

（社長、見えますか？　これが、あなたの人生の集大成です）

俺は心の中でそう語りかけると、再びマイクに向かって口を開いた。

「人生は、地図を持たずに一人で旅をしているようなものです。でも、その道の途中には、必ず道しるべがあります。私にとって社長は、まさに『人生の道しるべ』でした。私だけではありません。きっと多くの人が、そう思っていることでしょう。

数十億もの人間が生存する地球という星で、私たちは出逢いました。生まれ、出逢い、言葉を交わす。これは、まさに奇跡です。その奇跡の延長線上に人生は続いているのだと、私は思います」

自分でも、何が言いたいのか、よくわからなくなってきた。言いたいことが多すぎて、いや、言いたいことを言葉にすることができなくて、俺の頭の中は錯乱状態になっていた。

僧侶が、会場の入口に現れた。もう、時間だ。俺は社長に向け、最後の言葉を口にした。

「私たちの人生にあなたがいてくれたことを、そして、あなたの人生に私たちがいられたことを、心から幸せに思います。ありがとうございました」

棺に向かい、俺は深々と頭を下げた。いつのまにか会場の後ろに並んでいた全社員も頭を下げた。参列者も、一斉に頭を下げた。

暫くして、ゆっくりと頭を上げた。それが合図のように、社員も、参列者も顔を上げた。皆の頬を、涙が伝うのが見えた。涙は、魂と魂が共鳴し合った時に生まれるものだと俺は思っている。ここにいる人の魂が、社長の魂と共鳴し合っているのだ。なんて美しい光景なのだろうと、俺の胸の奥が震えた。

全員が涙する中、俺は最後まで、涙を流さなかった。社長の命令どおり、感情を押し殺し、職務を全うした。

通夜の後、俺は一人で外に出た。その瞬間、俺は「担当」から「息子」へと戻った。

(お義父さん)

空を見上げ、心の中で、そっと語りかける。

(お義父さん、今日の私の担当は、いかがでしたか?)

この広い星空、義父は、どこで俺たちを見守ってくれているのだろうか。俺に厳しい言葉を吐き、俺に鋭い眼光を突き射し、そしていつも、俺を言葉なき優しさで包み込んでくれた義父は、俺の最愛の人は、もうこの世には存在しない。

（直子、お義父さんのこと、頼んだぞ）

そう直子に語りかけ、俺は直子だと信じているオレンジ色の星に焦点を定めた。俺の頼みに応えるかのように、キラリと光を散らすオレンジ色の星。

その時、俺は気付いた。オレンジ色の星に寄り添うように、青色の星が灯っていることに。確か、この前見た時にはなかったはずだ。

（お義父さん）

心の中で、もう一度呼びかける。滲んだ青色の星に、義父の笑顔が見えたような気がした。

十三　一本のジュース

その人は、真冬の公園で死んでいたそうだ。

新聞紙を纏った体の三分の二ほどが、雪で覆われていたらしい。

ホームレスが亡くなった場合、近親者が見つからないとなると、葬儀の費用はいくばくか行政から出される。しかしそれが少額のため、ホームレスの葬儀を快く引き受ける葬儀社は多くはない。

だが、この町に葬儀社は一軒しかない。即ち、この町で死を迎えたホームレスの葬儀は、否応なしに我が社で引き受けることとなるのだ。

警察の手により運ばれてきた遺体を、最も安価な棺へと移す。冬ということもあり、臭いはそこまでひどくなかった。だがその顔は、人間という生き物の顔のつくりを語るほどやせこけ、その体は、冷たい風に揺れる枯れ枝のように細かった。

「名前も、年齢も、何にもわからないんっすか?」

高梨の小声に、黙って頷く。

「死んだ時に自分の名前さえも一緒にいてくれないなんて、悲しすぎますね」

もう二度と動かないその男に目を向ける。一体その目で何を見、その耳で何を聞き、その口で何を話し、そしてその心で、何を感じていたのだろう。それを語る人間は、どこにもいない。この男の生きた証は、何なのだろう。この男の生きた証を見つけられたら……。そう心から思ったのは、今、俺の横で耳をほじっている高梨という男の影響なのかもしれない。

「すみません」

背後から聞こえてきた細い声の方に顔を向けると、そこには、幼い少女の手をひいた女性が立っていた。俺は慌てて棺の蓋を閉めようとしたが、間に合わなかった。遺体に目を向けたその女性は、小さく息をのみ、手を口に当てた。そしてそれと同時に、母親の手を離れ、少女が棺に駆け寄った。

「ハルちゃん！」

全ての視線が、一斉に少女に注がれた。「ハルちゃん、起きて」と話しかける少女に、高梨がゆっくりと近付き、少女の目の高さに腰をかがめた。

「お嬢ちゃん、お名前は？」

「さくらいあやか」

人懐っこい笑顔で、少女が答える。

「あやかちゃんか。かわいい名前だね」

高梨の言葉に、屈託のない笑顔で頷く少女。「あやかちゃんって、どんな字なんですか?」と尋ねる高梨に、硬い表情の母親が「彩りに花です」と答えた。わかったように頷いてはいるが、きっとこいつの頭の中に、「彩」という漢字は存在しないに違いない。

その時、俺はふと思った。この少女なら、力になってくれるかもしれないと。目の前に横たわる、まっさらな男の人生を色付ける何かを教えてくれるかもしれない。高梨もきっと、同じことを思っているだろう。俺はそう思い、祈るような気持ちで高梨と少女を見守った。

「彩花ちゃん、この人のこと知ってるの?」

「うん」

「この人の名前は?」

「ハルちゃん」

「苗字は分かるかな?」

「みょうじ?」

困惑の色を帯びた彩花の視線が、高梨の後ろに立つ母親に向けられる。

「ハルちゃんの前に付くお名前よ。彩花の苗字は、『さくらい』」

母親の説明で理解したのだろう。彩花は高梨に視線を戻すと、首を横に振った。

「そうか。それで、彩花ちゃんは、どこでハルちゃんに会ったのかな？」

「公園」

「ここの近くの？」

「うん」

そこは、この男が「死」という形で発見された場所だ。穏やかに、高梨の質問が続く。

「いつ？」

「……？」

「彩花ちゃんが初めてハルちゃんに会ったのは、いつかな？」

幼い子どもは、きちんとした文章にしか反応しないんだな、と俺は思った。大人は無意識に話の流れから質問者の意図を読み取るが、子どもはそうではない。ひとつひとつの言葉に、まっすぐに向き合う。それだけ、子どもの口からは、ストレートな答えが返ってくるというわけだ。

「ん～と、え～と……」

全員、彩花の記憶の巻き戻しが完了するのを根気強く待った。だが、やはり幼い子どもだ。彩花は助けを求めるように、再び母親の方へと視線を向けた。

「確か、半年ほど前だったと思います」

彩花の代わりに、母親が答える。

「あの日は、すごい猛暑でした」

母親は、心細そうに腰に腕をまわしてきた彩花の頭を優しくなでた。

「あの日、私は彩花を連れて、隣町の夏祭りに出掛けました。近隣町で夏祭りがあるのはそこだけとあって、たくさんの人が集まっていました。私は彩花とはぐれないようにと、しっかりと手をつないでいました。その時、大変なことが起こりました」

母親は、曇った瞳を足元に落とした。

「突風でやぐらが倒れ、近くにあったテントに火が燃え移ってしまったのです。私たちは、消火作業にあたりました。私は彩花に、離れた所で待っているようにと言いました。でも、幼い子どもです。燃え盛る炎と、大人たちの異様な雰囲気に恐れを感じたのでしょう。火が消え、私が我に返った時、彩花の姿はどこにも見えなくなっていました」

俺は無意識に、半年前の記憶を呼び起こしていた。そういえば新聞の記事に、祭でのボヤ騒ぎのニュースが大きく載っていたのを覚えている。死者もけが人も出ていないボヤ騒ぎのニュースがこんなに大きく取り上げられるなんて、この辺りはなんて平和な所なんだろうと、妙に感動したものだった。

「私は必死になって捜しましたが、彩花の姿は祭り会場のどこにも見当たりませんでした。警察に連絡しようと思った時、私はふと、祭りに来る途中のことを思い出しました。道の途中にあった公園のブランコに乗りたいと、彩花がせがんだことを。私は、ダメだと言いました。その公園には、ホームレスの人がいると噂になっていたからです」

一度も棺の中の死者に目を向けないまま、母親は話を続けた。

「私は、彩花があの公園に行ったのだと確信しました。この子は昔からブランコが好きで、私に叱られた時や怖い夢をみた時など、何かあった時はいつも公園に行ってブランコに乗っていたからです。

私は急いで公園に行きました。公園に着いて真っ先にブランコに目をやりましたが、そこに彩花の姿はありませんでした。絶望したその時、ブランコの後ろにある茂みの陰から、彩花の笑い声が聞こえてきました。

安堵と同時に、私は恐怖心を抱きました。ホームレスの噂が、脳裏に蘇ったのです。

慌てて茂みに駆け寄った私の目に飛び込んできたのは、彩花と、そして、予想通りホームレスの男の人の姿でした。段ボール箱で作った家らしきものの前に、ボロボロの服を着て新聞紙の上に座るその人は、あの時の私には誘拐犯のように見えました」

母親が言葉を切るのと同時に、高梨が彼女に椅子をすすめた。だが彼女は首を横に振り、生気のない瞳を窓の外に向けた。窓の外は、やんでいた雪が、再び降り始めていた。

ホームレスにとって、冬を越すということは大変なことだ。誰かに聞いたことがある。ホームレスは、冬は昼夜逆転の生活を送るそうだ。夜眠ると、凍死してしまうかららしい。温かい棺の中に横たわる「ハルちゃん」も、このような過酷な生活を送ってきたのだろうか。

「その時、私は気付きました」

再び口を開いた母親に、俺は棺から視線を戻した。

「彩花の手に、缶ジュースが握られているということに。私が買ってあげたのではありません。それに彩花には、お金を一円も持たせていませんでした。

私の姿を見つけ、『お母さん』と手を振る彩花に、私は、このジュースはどうしたのかと聞きました。すると彩花は『ハルちゃんがくれたの』と答えました。段ボールの家の入口に『ハルちゃん』という表札が貼ってあることに気付いていた私は、その時、最低のことを口走ってしまったのです。

『こんな人に、ものをもらっちゃダメでしょう!』

と。私の剣幕に、彩花の顔がゆがみました。私はそんな彩花から、その男性へと視線を移し、そして言いました。

『このジュースは、どうしたんですか？　盗んだんですか？』

あの時の私のこの言葉は、質問をしたというよりも、『盗んだ』と決めつけて非難したという感じでした。あの時のその人の悲しそうな瞳を、私は忘れることができません。肯定も否定もしないその人を睨み付けると、私は半ば強引に彩花の手を引き、公園を出たのです」

母親の言葉を否定しなかったということは、彼はジュースを盗んだのだろうと俺は思った。きっと彩花は、彼に「喉がかわいた」と言ったのだろう。そんな彩花のために、彼は罪を犯したのだ。

それまで黙って母親の話を聞いていた高梨が、ポツリと呟いた。

「ハルちゃんは、なんで否定しなかったんですかねぇ……」

そんなの簡単だ。盗んだものを盗んでいないと言うのは、気がひけたのだろう。彼の心にも、いくばくか「良心」というものが残っていた証だ。俺は心の中で、そんな答えを出していた。しかし、次に母親の口から出てきた言葉は、俺が想像していた言葉とは違うものだった。

「きっと、否定しても信じてもらえないことを、彼は知っていたのだと思います」

この母親の言葉で、俺はハルちゃんが「白」だということを悟った。俺の隣で黙って頷く高梨。そんな高梨を見て、俺は思った。

（こいつは最初から、ハルちゃんが「白」だとわかっていたのか……？）

俺は、言葉なき死人を疑った自分を恥じた。死人を偏った目で見るなんて、葬儀屋として、いや、人間として最低のことだ。自己嫌悪に陥る俺の正面に立つ母親は、涙に潤んだ瞳を俺の肩越しに棺の中へと向けた。

「ホームレスというだけで、ボロボロの服を着ているというだけで、顔が汚れているというだけで、ただそれだけで誰も自分の言うことを信じてくれないということを、彼は知っていたのです。そのことを知るまでに、どんなに辛い思いをしてきたのだろうと思うと……」

母親はハンドバッグからハンカチを出し、目頭を押さえた。彩花が心配そうに「お母さん」と呼びかける。そんな彩花に「大丈夫よ」と笑顔を向け、それからもう一度、棺の中へと視線を戻した。

「後で、彩花が話してくれました。彩花が飲んでいたジュースは、彼が自動販売機で買ってくれたものだと。彩花の話す様子を見て、そのジュースを自動販売機で買ったということに間違いはないだろうと思いました。

彩花は彼と、いろんな話をしたようです。段ボールの家は、とても暖かいということ。公園に、毎日かわいい犬が散歩にくるということ。おなかが痛くなったら、楽しいことを考えて痛みを忘れるということ。缶詰の空き缶に、貯金をしているということ」

「貯金ですか？」

すかさず、高梨が尋ねる。

「ええ。今の世の中、ホームレスに対する人の目は、決して優しいとは言えません。彼が貯金していたのは、自分でつくったお金だったようです。

あの日から暫く経ったある日、私は、彼が公園に落ちている空き缶や瓶を集めているのを見かけました。少し離れた所から見ていると、彼は拾った空き缶を水飲み場ですすいでからビニール袋に入れ、幸せそうに微笑んだのです。

その時私は、彼がこうして集めた空き缶を売って得たお金で、彩花にジュースを買ってくれたのではないかと思いました。そして、心のどこかでまだ彼を疑っていた自分を恥じました。彩花がもらったジュースは、自動販売機で買ったものに間違いはないだろう。でも、そのお金は人から盗んだものだったのかもしれない。そんなことを考えていたからです。

私は、一言謝罪とお礼を言いたいと思い、彼に近づこうとしました。でも、怪訝そうな表情を彼に向けながら通り過ぎていく人に怖気づき、結局私は、何も言わないままその場を離れてしまったのです」

なけなしのお金を、見知らぬ女の子に捧げた「ハルちゃん」という男。ジュースを買わなければ、パンやおにぎりなど、自分の命をつなぐ何かを買えたはずなのに……。空き缶は、六〇~七〇個で百円ほどにしかならないと聞いたことがある。空き缶集めを収入源にしていた彼にとって、一本のジュースは、きっと高額なものだったに違いない。

母親の話により、無色透明だった、いや、俺の目にはむしろ汚れて映っていた名もないホームレスが美しく彩られた。この仕事をしていてよかったと思える瞬間がこんなところにもあったなんて、知らなかった。

「でぼ、だんでハルちゃんが死んだっでわがっだんっすがぁ?」

母親の話に集中していた俺は、高梨が泣いているということにこの時初めて気がついた。

「彩花が突然、ハルちゃんに会いたいと言い出したのです。今思えば、この子に何か『虫の知らせ』のようなものがあったのかもしれません。彼に謝れなかったことを、そして、お礼を言えなかったことをずっと後悔していた私は、彩花を連れて公園に行きました。でも公園に彼の姿はなく、代わりに警察の人が何人かいたのです。

彼の死を察した私は、ハルちゃんは遠くに行ってしまって、もう会うことはできないのだと彩花に言いました。すると彩花は、ハルちゃんとある約束をしているのだと言い出しました。彼はあの日、彩花にこう言ったそうです。

『もし、この公園から自分がいなくなっていることに気がついたら、花時計の〝八〟のところを掘ってほしい』

と。

私は彩花と一緒に、手で土を掘り起こしました。するとそこから、これが出てきたのです」

母親はバッグの中から、何かが入っている汚れたビニール袋を取り出し、俺たちに差し出した。何の躊躇いもなく、高梨が受け取る。そしてその袋の中から、錆び付いた空き缶と、きれいに折りたたまれた広告紙を取り出した。

「手紙みたいっすね」

鼻をすすりあげながらその紙を開き、高梨が手紙を読み始めた。高梨はそこに書かれた文字を目で追い、そして目を閉じた。その瞳から、また、大粒の涙がこぼれる。高梨は目を開けると、何も言わずにその手紙を俺に差し出した。

『平安会館　様

わずかなお金ですが、私の葬儀費用のたしにしてください。
ご迷惑をおかけしまして、申し訳ございません』

空き缶の中には、三百二十六円入っていた。

母親と彩花は、ハルちゃんの通夜に立ち会ってくれた。線香をあげ、涙を流し、そして何よりも、名もなかった一人の男を、「ハルちゃん」という名の、確かな存在に色づけてくれた。

「生きているうちに、きちんと謝り、お礼を言いたかった」

母親は涙ながらに、何度もそう繰り返していた。どんなに後悔しても、どんなに願っても、死者が生き返ることはない。生きている時の行いは、その時だけでなく、死後にも響いてくるのだ。

通夜式が終わり、母親と彩花が帰ってからも、俺と高梨は、ハルちゃんの傍を離れなかった。今までひとりぼっちで生きてきた分、せめて肉体が存在するうちは、同じ時間を共有したいと俺は思っていた。きっと、高梨も同じことを思っているのだろう。

ハルちゃんの穏やかな死に顔を見ながら、俺はふと思った。

「なぁ、高梨」

高梨が、いつものアホ面を俺に向ける。

「お前、最初からハルちゃんが『白』だとわかっていたのか？」

「へ？」

高梨のアホ面が倍増した。この顔は、俺の質問の意味が分かっていない証しだと、こいつと出会って三日目に俺は理解していた。

「最初から、ハルちゃんが彩花ちゃんにあげたジュースは盗んだものじゃないって、わかっていたのか？」

俺は努めて丁寧な文章で、もう一度尋ねた。高梨は、やっと理解したというように「あぁ」と小さく頷いた。

「わかってたっていうか……。だって、ハルちゃんが罪を犯しそうに見えます？」

なんだ。こいつはただ、ハルちゃんを信じていただけなのか、と、俺は少しホッとした。俺には全く見えていなかったものが、こいつには見えていたのかもしれないという不安が、心の中に広がっていたからだ。今まで何度もそういうことがあった。その度に俺は葬儀屋としての自信を喪失し、自己嫌悪に陥っていたのだ。

ホッとした気持ちから、俺の口が流暢に動き出す。

「見かけによらない人なんて、この世には五万といるだろう。そうそう。あのジャン・バルジャンだって、飢えた家族のためにパンを盗んだんだぞ。生きるために心優しい人間が罪を犯してしまう。そんなことだってあるだろう。ハルちゃんは、喉が渇いてたまらない彩花ちゃんのためにジュースを盗んだ。俺は最初、そう思ったけどな」

「ジャン……、誰っすか？」

とぼけたような顔で、高梨が尋ねる。やはりこいつは、あの有名な文学作品も知らないようだ。

「知らないのか？　ジャン・バルジャン。『レ・ミゼラブル』というフランス文学の主人公の名前だ。この男は、後に市長になるほど知性も理性もある心優しい……」

鼻先を指でポリポリと掻きながら、「水島さんって、意外と読書家なんっすね」と高梨が呟いた。こいつには、俺の言わんとしていることの何分の一かしか伝わらない。毎度のことで、もう慣れてしまってはいたが……。

「だから、そんな男でも罪を犯すことがあるということだ。大切な人を守るためにな」

俺は高梨の鼻先に、無理やり結論を言い放った。

「その、ジャン・バルジャンって人は、何歳だったんっすか？」

「は？」

こいつの的外れな質問に、今度は俺がキョトン顔を高梨に向けた。

「だから、その人がパンを盗んだのって、何歳の時だったんっすか？」

「そんなことまでは、知らん」

「それなら、若いっすか？　年っすか？」

「まぁ、若いだろうな」

「ハルちゃんは？」

「は？」

「ハルちゃんは若いっすか？　年っすか？」

「年に決まってるだろう。見ただけでわかるじゃないか、そんなこと」

高梨の質問の意図が掴めず、俺は少々苛立ち始めていた。

「そうっすよね……」

今度は俺に対してではなく、独り言のように呟いた。

「それが何だって言うんだ？」

「へ？」

再び高梨が俺にアホ面を向ける。

「だから、今のお前の質問とハルちゃんの『白』に、どういう繋がりがあるのかと聞いているんだ」

ハルちゃんに視線を戻し、「あぁ」と高梨は呟いた。それから顔を上げると、俺の瞳をしっかりと捉えた。

「盗むってことは、店に入るってことっすよね？　店の人は、ハルちゃんみたいな人が入ってきただけで、何か盗むんじゃないかって警戒して、姿を目で追ってたはずっすよ。だから、もしジュースを盗んだりなんかしたら、店を出る前に捕まってしまってたんじゃないっすか？

もしハルちゃんが、ジャンなんとかって人みたいに若かったら、逃げられたかもしんないし、誰かからお金を盗むことだってできたかもしんないっすけどね。だから、ハルちゃんは、自分のお金を遣って、ジュースを自動販売機で買ったに違いないって思ったんっすよ」

後頭部を後ろから思い切り殴られたような衝撃が走った。「ジャン……、なんでしたっけ？」と頭を掻きながら尋ねる高梨を、俺は半ば放心状態で眺めていた。

（こいつは……、こいつはなんて……）

正しい言葉遣い、今の首相、有名な歴史上の人物、そして、レ・ミゼラブルも知らない無知な男。だが、こいつは、「人を信じる」ということを知っている。

子どもの頃は、人を疑うということを知らなかった。だが、大人になるにつれ、自分の心を守るための術として、無意識のうちに「人を疑う心」を手に入れた。そうして人は、いつのまにか見えない殻の中に閉じこもってしまうのだ。

信じる心を持っていなければ、ハルちゃんを見た目だけで判断してしまっていたら、高梨の言う「無実の証拠」は、見つけることができなかっただろう。疑いの心は時に真実を隠し、そして信じる心は、時に真実を語る。

「お前、すごいな」

正直な気持ちを口にしてみる。

「今頃気付いたんっすか？　水島さんとは、ここのレベルが違いますからね」

高梨はニッと笑うと、人差し指で自分の頭をツンツンとつついた。

「あぁ、そうだな」

冷やかし口調でそう言いながら、俺は心の中で、高梨の人差し指を、そっと左胸へと動かした。

十四　餞

今日は、俺の葬儀屋としての最後の日だ。

定年退職。

まだまだ先だと思っていた今日という日が、いつの間にか、俺の足元に存在していた。

俺の最後の担当は、無事に終わった。最後の最後に、一〇三年という年月を生き抜いた男性の葬儀の担当をすることができたことを、俺は心から幸せに思った。殺人でも、自殺でも、事故でも、病気でもなく、老衰により人生に終止符を打つ人は、限りなく少ないのだ。俺の長い葬儀屋人生を振り返ってみても、こんな死者の葬儀は、片手で数えて足りるほどの数だっただろう。

葬儀屋の俺にとっての葬儀はこれで終わりだが、命が存在する限り、これからも葬儀は続いていく。生まれて、生きて、死んで、そしてまた、生まれる。そうして命は、次から次へと、後世へと受け継がれていくのだ。だから、無駄な命なんて、ひとつもない。不要な命なんて、ひとつもないのだ。消えていった命、今生きている命、そして、これから生まれてくる命。その無数の命が、この「地球」という星を支えている。

葬儀が終わり、会葬者の最後の一人を見送った後、俺は事務室に行くように言われた。きっと事務室には社員全員が集まっており、そこで俺は、花束と拍手と労いの言葉をもらうに違いない。なんともこっ恥ずかしいが、少しは涙を流した方がいいのだろうか。最後の言葉は、何と言おうか。「さよなら」がいいだろうか。それとも、「ありがとう」がいいだろうか。人間が生涯の中で一番多く遣う言葉は「すみません」だと聞いたことがある。だが俺は、その言葉をここではほとんど遣っていない。そのことを謝った方がいいだろうか。いや、やっぱり最後まで、自分のスタイルを貫こう。

そんなことを考えながら、俺はドアノブに手をかけた。いつものように、ひんやりとしたドアノブに指を回す。でも、いつもと違うのは、俺の心臓が少しドキドキしているということ。そして、こうやってこちら側からドアを開けるのも、これが最後だということだ。ひとつ大きく息を吐き、俺はドアノブをゆっくりと右に回した。次第に開いていくドアの隙間から見え始める、見慣れた雑然とした事務室。そして、一列に並び、笑顔で拍手をしながら俺を迎える社員たち……のはずが……。

（えっ……？　どういうことだ？）

部屋の中には誰一人としていなかった。

一人戸惑っていると、俺の背中で閉まりかけていたドアが勢いよく開いた。「おおっ」

と小さく悲鳴を上げた後、慌てて咳払いでごまかす。足でドアを押さえ、「あ、すんません」と言いながら、両手に段ボール箱を抱えた高梨が入ってきた。

「みんなはどこだ？」

「さぁ？」

未だ高鳴り続けている心臓を落ち着けるため、努めてゆっくりと高梨に聞いてみる。

「さぁって……。葬儀が終わったら、ここに来るように言われたんだが……」

「へ？　そうなんっすか？」

いつものアホ面が顔全体に広がった。きっとこいつは、今日が俺の最後の日だということを完全に忘れているに違いない。

「お前、今日が俺の……」

そう言いかけたとき、「あ、いっけねぇ」と言いながら、高梨は部屋を出ていった。出ていく瞬間、高梨の顔がちょっと歪んだのを、俺は見逃さなかった。

(なんだ、ちゃんと覚えているんじゃないか)

ちょっと嬉しくなりながら、俺は高梨が置いていった段ボール箱に目をやった。きっと、今日の葬儀の後片付けをした荷物だろう。俺は最後の仕事と思いながら、その段ボール箱のふたを開けた。

（ん？　これは、何だ？）

箱の中には、クシャクシャに丸められた新聞紙がたくさん詰められており、その真ん中に、小さな水色の箱が一個だけ入っていた。その箱のふたに、「水島さんへ」と、汚い字で書かれた付箋紙が貼られている。

（高梨が書いたんだな）

そう思っただけで、俺の口から笑みがこぼれる。

高梨は以前、よく俺の名前を「水島」ではなく「水鳥」と間違えて書いていたものだ。そのことを思い出し、暫しの間、心地よい思い出に浸ってみた。それから俺は、もう一度段ボール箱の中へと視線を戻した。

（プレゼントか。あいつらも結構、臭い演出をするんだな）

そう思いながら、俺は小さな箱を取り出した。想像以上に軽い箱だった。

（まさか、この箱の中にまた箱ってことはないだろうな。マトリョーシカじゃなく、ハコリョーシカってか？）

自分の心が感傷的になるのを避けたかった俺は、そんなアホみたいなことを考えながら箱のふたをそっと開けた。

（な、なんだ、これは……？）

箱の中を見た瞬間、俺は茫然と立ち尽くした。今まで、こんな贈り物をされたことはなかった。箱の中にはもう一個の箱どころか、何も入っていなかったのだ。

わけがわからず、俺は高梨を捜すために事務室を飛び出した。

（……！）

事務室の外には、社員がドアを取り囲むように並んでいた。息が止まるほど驚いた俺は、ぽかんと口を開けて立ち尽くした。背中の後ろで閉まるドアの音が、かすかに聞こえたような気がした。無意識に、高梨の姿を捜す。だがそこに、高梨の姿はなかった。

「あ、え、……っと……。高梨はどこだ？」

精一杯、いつもの声を絞り出す。

「高梨さんなら、今日のお通夜の準備をしていますよ」

女性社員が答える。

「こんな時にか？」

「こんな時って？」

「あ、いや……。ほら、今日は俺の最後の日じゃないか。今から、その……。自分で言うのも何だが、『お別れ式』みたいなことをするんじゃないのか？」

恥ずかしさで、耳が熱くなる。互いの顔を見て微笑み合う社員たち。俺は、狐につままれたような気持ちで、半ば放心状態で立っていた。そんな俺に、退職を三年後に控えた佐野が近付く。

「水島さん、残念ですが、お別れ式はないんですよ」

「え?」

「すみませんね。お花も何も、準備していないんです」

俺はそこまで嫌われていたのかと、ショックで胸が苦しくなった。一刻も早く、この場を立ち去りたいと思った。やはり最後の言葉は、「今まで好き放題やって、すみませんでした」と言うべきなのだろうか。

「そう……ですか……」

俺はやっとの思いでそう言うと、自分の荷物をまとめるために再び事務室に入ろうとした。そんな俺の背中を、佐野の声が追いかけてくる。

「水島さん」

急いで無理やり笑顔をつくり、俺はゆっくりと振り返った。

「あの箱、みんなから水島さんへのプレゼントなんです」

(あの空っぽの箱がか?)

俺は心の中で毒づきながら頷いた。

「高梨さんが考えたプレゼントなんですよ」

（そうか。あいつにとって俺は、その程度の存在だったのか）

失望が広がる胸の内を鎮めようと葛藤しながら、俺はもう一度頷いた。

「高梨さんからの伝言です。あの箱に入るだけの荷物しか持って帰らないでください。そう言っていました」

「は？　どういうことだ？」

久しぶりに、自分の声を聞いたような気がした。そんな俺の反応を楽しんでいるかのように目尻を下げた佐野が再び口を開く。

「社長も今日、ここにいらっしゃる予定でした。ですが先ほど、急用ができたので来られなくなったと連絡がありました。その代わり、これをお預かりしています」

俺は、白い封筒を渡された。

《千代子へ》

懐かしい字。それは、義父の字だった。

「こ、これは……？」

「前社長が、社長に宛てた遺書だそうです。水島さんに渡すよう、社長に言われました」

佐野はそう言うと小さく会釈をして、「では、今日の通夜の準備がありますので」と言いながら俺に背を向けた。それが合図のように、他の社員たちも散っていった。

一人取り残された俺は、ぼんやりとした足取りで再び事務室に戻ると、もう二度と座ることはないと思っていた椅子に腰を下ろした。今まで座り心地が悪いとばかり思っていたこの椅子も、意外とまだ使える。

義父が義母に宛てた遺書。俺は目を閉じ、義父に語りかけた。

(お義父さん、私はこの手紙を読んでもいいのでしょうか?)

ふと、義父の声が聞こえたような気がした。だがそれは、「YES」にも「NO」にも聞こえる、かすれたような声だった。もしかしたら、窓の外の風の音だったのかもしれない。

(お義父さん)

もう一度、語りかけてみる。今度は、何も聞こえなかった。

義父は昔から、二度目の同じ質問には答えてくれなかった。

「一度目は答えてやる。だが二度目はない。一度目の答えを、頭と心にしっかりと刻み込め」

これが、義父の口癖だった。

目を開け、手元の白い封筒に視線を落とした。

《千代子へ》

もういくら語りかけても、義父が返事をすることはないだろう。俺は、義父が想いを託した義母の想いを酌むことを決意した。分厚い封筒の中から、そっと便箋を取り出す。そして丁寧に皺を伸ばすと、老眼鏡をかけて姿勢を正した。

《千代子へ

今まで、随分世話になった。今まで照れ臭くて、一度も面と向かってお礼なんぞ言ったことがなかったな。すまなかった。

お前には、本当に感謝している。お前が作る味噌汁は、最高にうまかった。毎日死者と向き合う俺にとって、お前の笑顔と温かい味噌汁は、俺に命の温もりを思い出させてくれる、とてもありがたいものだった。これまでこの仕事を続けてこられたのは、お前のお陰だ。

千代子、実はお前に、謝らなければならないことがある。心して聞いてくれ。

直子が自殺したのは、正二君だけの責任ではない。俺の責任でもあるのだ。》

思いがけず直子の名前が出てきたことに、俺は戸惑った。むさぼるように、次の文章を目で追いかける。

《お前には絶対に直子には言うなと止められていたが、実は俺は直子に、直子が俺たちの実の子ではないということを話してしまったのだ。

正二君に生殖能力がないと知り絶望に暮れる直子を見ているのは、本当に辛かった。だがそれ以上に辛かったのは、子どもができない原因が自分にあると知り、自暴自棄になっている正二君の姿を見ることだった。彼の姿は、まるで、以前の自分を見ているようだった。》

直子が義父母の実の子ではない？　俺の姿が、以前の自分の姿と重なった？　一体、どういうことだ？　謎に包まれたまま、俺は手紙を読み続けた。

《お前と結婚できて、俺は本当に幸せだった。だがお前は、心から幸せだったと言えるか？生殖能力のない俺と結婚して、自分の遺伝子をもつ子どもを産むことができなくて、それでも幸せだったと言えるか？

施設から直子を引き取ってきた日のことを覚えているか？　あの日は、すごい雨が降っていたな。どしゃぶりの雨の中、俺が差す傘の中で直子を抱き、にっこりと微笑んだお前が、俺には太陽のように見えた。あんなに幸せそうなお前の顔を、俺はあの時、結婚してから初めて見たような気がした。》

義父も自分と同じような運命を辿っていたのか……。なんとも言えぬ不思議な感情が、俺の胸の中に波のように押し寄せてきた。

《自分の子どもができないことを知り絶望する直子に、俺はそのことを話した。俺には精子がない。直子は赤ん坊の時に養子として我が家にやってきたのだと。そして、お前も俺も、直子を心から愛していると。愛は血の繋がりを超えると、俺は直子に話した。直子は取り乱すことなく、時に頷き、時に涙ぐみながら、黙って俺の話に耳を傾けてくれた。

俺は直子に、養子をもらってはどうかと提案した。お前の子どもになりたくて待っている子が、きっと日本のどこかにいると。直子は、考えてみると言ってくれた。そしてある日、雲が晴れたような表情で言ったのだ。『養子のこと、正一さんに話してみる』と。》

養子？　そんな話、一度も聞いたことがないぞ？　俺は夢中で手紙の続きを読んだ。

《それから暫くして、俺は直子に、正二君に養子のことを話してみたかと聞いた。だが直子は泣きそうな顔をして、首を横に振ったのだ。なぜだと聞く俺に、直子は涙を流しながら言った。『正二さんが、私の話を聞いてくれないの』と。そんな直子に対し、俺はこう言った。『正二君も辛いんだ。もう少し我慢してやれ』。》

天を仰いだ。俺が酒と女に逃げていたあの頃、直子はそんなことを考えていたのか。懸命に思い出そうとしたが、直子が俺に、それらしいことを話そうとした記憶なんて、全く残っていなかった。それだけ、直子の声に耳を傾けていなかったということだ。

《自分と同じ運命を辿っているような正二君が、哀れでならなかったのだ。自暴自棄になる正二君の姿は、まさに二十数年前の自分の姿だった。だから思わず、正二君の肩を持つようなことを言ってしまったのだ。

直子は血走った目で俺を睨み付け、こう言った。

『私は、誰のために生きているの？』

と。それから二日後、直子は自殺した。》

その言葉は、遺書に書かれていたものと同じ言葉だった。次々と明かされる新事実に、自分の心が追い付いていけていないような気がした。

俺は手紙を置き、浮いたようなふらふらした足取りでコーヒーを注ぎに向かった。マグカップに、熱いコーヒーを入れる。コーヒーの表面に不自然な小さな波ができているのは年のせいか、それとも、心の動揺か……。机に戻り、唇をすぼめてコーヒーを口に入れる。それは、旨味も苦みもない、ただの茶色い液体のように感じられた。マグカップを置き、その手にもう一度手紙を取る。

《直子が自殺して初めて、俺は直子が既に壊れてしまっていたということに気が付いた。いや、初めて正面から向き合ったと言った方が正しいかもしれない。直子の苦しみと向き合うことは、同時に、自分の辛い過去と向き合うことになる。そう思った俺は、無意識のうちに直子の苦しみから目をそらしていたのだ。

直子が自殺する二日前、養子のことが気になった俺は直子の家を訪ねた。チャイムを鳴らしても返事がなかったが鍵は開いていた。俺は鍵を閉め忘れて買い物にでも行ったのかと思い引き返そうとしたが、家の中に人の気配を感じたのだ。足音を忍ばせて家の中に入ると、居間に直子の姿があった。「なんだ、いたんじゃないか」。そう言おうとした俺の目に飛び込んできたのは、ちゃぶ台に並ぶ、三人分の食事だった。自分と正二君、そして、子どもの食事に違いなかった。

見てはいけないものを見たような気がして、俺は直子に背を向けようとした。だがその時、直子がゆっくりと振り返ったのだ。その頬はやせこけ、虚ろな目の下にはクマが色濃く浮き出ていた。俺の知っている直子は、そこにはいなかった。俺は、凍りついたように動けなくなってしまった。言葉も何も出てこなかった。その時、直子がふと笑ったのだ。わが子ながら、ぞっとするような表情だった。そして何も言わないまま、直子は片づけを始めた。》

家に帰ってこないとわかっている俺と、まだ姿見えぬ子ども。その二人の食事を準備していた直子の気持ちを想うと、息が苦しくなってきた。だが直子は、こんな俺よりも遥かに苦しい思いをして死んでいったのだ。生きている時も、そして、死ぬ時も、直子の心は鉛のように重く、そして、冷え切っていたに違いない。

《食器を洗い始めた直子の背中に、俺は思い切って養子のことを聞いてみた。すると直子は洗っていた茶碗を床に叩きつけ、そして、あの言葉を言い放ったのだ。

あの時俺が、直子の言葉を受け入れていれば、直子の心に寄り添うことができていたら、直子は自殺なんてしなかったかもしれない。辛いな。悲しいな。正二君が憎いな。そう言っていれば、直子は生き続けていたかもしれない。自分の気持ちをわかってくれる人間がいれば、人は、生きる勇気を持つことができるからな。

直子は、誰かのために生きたかったに違いない。正二君のために生きると決めた直子は、もはや自分は、正二君の心からいなくなってしまったのだと思い込んだ。そして今度は、養子を生きる糧にしようとしていたのだろう。俺はそんな直子のわずかな希望の光を、無残にも蹴散らしてしまったのだ。父親として、最低のことをしてしまった。》

義父が、直子の自殺により自分さえも見失いかけていた俺を拾ってくれたのは、義母に「もう許してやれ」と言ってくれたのは、そして、あんなにも優しく俺を包み込んでくれたのは、俺の気持ちを痛いほど感じていたからだったのか。人の辛い気持ちに同情するのは簡単だ。だが、その気持ちを共有することは、同じ経験をした人間にしかできない。同じような運命を背負った義父と俺は、そんな見えない糸で繋がっていたのだ。


《今まで黙っていて、本当にすまなかった。お前の生きがいだった直子の命を消した俺を、お前よりも先に逝ってしまう俺を、許してくれるか？

最後に、お前に頼みがある。この会社は、お前が継いでくれ。大丈夫だ。この会社には、有能な社員たちがいる。
それから、お前がこの会社を経営していくのが難しい状況になったら、その役目を正二君に引き継いでほしい。正二君が嫌だと言ったら、その時はこう言ってくれ。『これは相談ではない。俺からの最後の命令だ』と。正二君にこの会社を託すのは、正二君が自分と同じ運命を背負っているという同情からではない。理由は、ただひとつ。彼が、立派な葬儀屋だからだ。》

同じ文章を、何度も読み返した。
(俺が、この会社の社長に……?)
信じられなかった。義父がこんなことを考えていたなんて……。

《目がかすんできた。そろそろ筆を置くとしよう。
この会社と正二君のこと、頼んだぞ。
千代子、今まで、本当にすまなかった。
千代子、今まで、本当にありがとな。
千代子、風邪をひくなよ。

千代子、愛してるぞ。

松波　平二郎》

最後の何行かは、インクが滲んでいた。義母が嗚咽を漏らしながらこの手紙を読んでいる姿が目に浮かんだ。

ふと気が付くと、俺の頬を涙が濡らしていた。俺は、いつから泣いていたのだろうか。スーツの袖で乱暴に涙を拭うと、俺は便箋を丁寧に折りたたみ封筒に入れた。

その時、静かにドアが開き、高梨を先頭に社員たちが入ってきた。

「水島さん」

高梨が一歩前に進み出る。

「水島さんは、ここを去る人ではありません。明日から、社長としてここに来てください。よろしくお願いいします」

深々と頭を下げる高梨と社員たち。俺は椅子から立ち上がると、彼らの方に体を向けた。

「ありがとう。そう言ってもらえて、とても嬉しいよ」

俺の言葉に、高梨の固まっていた表情がほころぶ。

「でも……」

俺は小さく深呼吸した。

「俺は、この会社の社長にはなれない」

凍ったように、事務室が静まり返る。

「俺は、俺は……」

唇をかみしめた。涙が、またこぼれる。顔を上げ、俺は無理やり笑顔をつくった。

「俺はご覧のとおり、こんなにも涙もろい人間になってしまった。感情を押し殺し、職務を全うせよ。前社長のこの教えを、もはや守っていける自信がない。葬儀屋として、俺は失格だ」

「そんなこと言ったら、俺はどうなるんっすかぁ？」

涙と鼻水で顔をぐちゃぐちゃにした高梨が、俺に歩み寄る。

「俺なんて、いっつも泣いてますよ。俺は葬儀屋として、失格なんっすかぁ？」

「そんなことはない」

そう言いながら、高梨にティッシュを二、三枚渡す。派手に鼻をかみ、高梨は真っ赤になった鼻を俺に向けた。

「お前は、最高の葬儀屋だ」

お世辞ではなく、思っていることをそのまま口にする。

「お前みたいな涙もろい人間も、ここには必要だ」

「そんなら、水島さんも……」

「だがここに、そんな人間は二人も必要ない」

息を呑み、高梨が俺を見た。

「そんな人間は、一人いれば十分だ」

優しくそう言うと、俺は子どものように涙を流す高梨の頭を乱暴に撫でた。

その時、錆び付いた不快な音を鳴らしながらドアが開き、社長が入ってきた。そして俺の前に立つと、厳しい口調でこう言った。

「これは、相談ではありません。前社長の命令です」

遺書通りの言葉だ。困った。死人に反論する方法を、俺は知らない。

できるなら、もう暫くはこの会社で、この社員たちと一緒に働きたい。これが、俺の本音だった。

だが、俺には自信がなかった。社長としてこの会社を運営していく自信ではない。これ以上、人の死を受け入れる自信がなくなってしまったのだ。今朝の葬儀までは気が張っていたせいか、何とか冷静に葬儀を執り行うことができた。だが葬儀後、葬儀屋としての職務を終えたと思った瞬間、「死」に対する様々な想いがフツフツと湧き上がってきたのだ。

約二十五年間守ってきたものが、一瞬にして砕け散ったという感じだった。

「申し訳ございません、社長。私は『死』が怖いのです」

心の中に棲みついている想いを、率直な言葉にする。

「これ以上誰かの死を見るのも、そして、自分に死が近づいてくるのも怖いのです。そんな気持ちで、この会社の社長になんてなれません」

社長は、俺を睨むように見据えた。

「死が怖くない人なんて、どこにもいません。私も、そして、ここにいる社員も、みんな死を恐れているはずです」

社員たちが、小さく頷く。

「自分の死が近づいてきているのが怖いなんて、よく私の前で言えますね？　そんなこと言ったら、八十歳を越した私はどうなるんですか？」

ちょっとおどけたように言う社長に、社員たちから笑い声が漏れた。

「生きている限り、死はいつでも隣にいます。年齢なんて関係ありません。死を恐れ、悩み、もがきながら人は生きていくのです」

社長は、俺の目をまっすぐにみつめた。その瞳が、少し潤んでいるように見えた。

「水島さん」

社長の穏やかな声が、俺の耳に届く。

「あなたは、立派な葬儀屋です。それに、あなたは素敵な人間です」

生きがいだった直子の命を奪った俺に、社長が、義母が笑顔を向ける。

「あなたみたいな人間が、ここには必要なのです」

俺の目から、涙が溢れる。社長の目からも、涙がこぼれた。

「この会社の、社長になっていただけますね?」

社長の毅然とした声に、俺は黙って頷いた。


次の日、俺は社長としての初日を迎えた。いつもより三十分早起きし、念入りに身支度を済ませた。ネクタイを締め、ふと鏡に目をやる。俺も随分と老けたものだ。だがその目は、あの日と、初めて平安会館の社員として出勤した日の、あの日の目と同じだった。

会社に着くと、既に高梨の姿があった。事務室の机を、一個一個丁寧に拭いている。

「お前、いつもこうやって机を拭いていたのか?」

俺の声に、高梨が振り向く。

「あ、水島さん。今日は早いっすね」

そう言った後、高梨は慌てたように姿勢を正した。

「すみません。水島社長、おはようございます」

頭が膝につきそうなくらい、高梨は深々と頭を下げた。こいつは、こんなにも体が柔らかかったのか。

「よせ、高梨。今までのままでいい」

「でも……」

「お前に『社長』なんて言われると、体中がかゆくなるんだ」

「じんましんっすか？」

高梨の間の抜けたような顔に、緊張していた心がするするとほどけていく。

「まぁ、そんなもんだ」

俺はそう言うと、昨日まで俺が座っていた席に目を向けた。昨日、高梨たちが餞別としてくれた空の小さな箱が、そのまま置いてある。

「その箱……」

「あぁ、すんません。捨てときますよ」

その箱を今にもゴミ箱に捨てそうな高梨を、俺は慌てて止めた。

「やめろ。その箱、俺にくれ」

「へ？　こんな箱、どうするんすか？　せいぜい、消しゴム五個くらいしか入らないっすよ」

拾い上げた箱を四方八方から眺めながら、高梨が不思議そうに言う。

「いや、消しゴム以外にも入るものがあるぞ」

俺は高梨の手から、その箱を取った。

「あぁ、乾電池も入りそうっすね」

クリップも、ガムも、ビー玉も……、と、この箱に入りそうなものを指を折りながら挙げる高梨。

こいつとの付き合いも、もう八年になるんだな、と妙に感慨深くなる。もうすぐ二十九歳になる高梨だが、こいつの心はまだ無色透明のままだ。この八年間で、こいつはいい意味で変わり、そして、いい意味で変わっていない。

「あ、あと、切った爪も入りますよ」

「お前、まだ考えていたのか？」

感傷に浸る俺の思考をプツリと切った高梨の唐突な言葉に呆れながらも、俺は八重歯をのぞかせて笑う高梨の笑顔を目を細めてみつめた。もう暫くこいつと一緒に仕事ができると思うと、なぜか嬉しくてたまらなくなる。

俺がこの箱に入れたいもの、それは、消しゴムでも切った爪でもない。

恐らくこの箱の中に、俺は一生何も入れることはないだろう。一度何かを入れてしまったら、この箱はそれから長い間、それだけの住処になってしまうからだ。

一度心に根付いたものを取り去ることは、本当に難しい。そしてそれは、時に真実を見失い、そして時に、人の心を傷つけてしまう。

以前の俺は、そのことにさえ気づいていなかった。そう、高梨という男に出逢うまでは。

葬儀会社の社長になった今、俺は秘かに自分の目標を掲げていた。

『空っぽの心で死者と向き合う』

この目標を忘れないように、俺はこの空っぽの箱を、いつも見える所に置いておこうと心に決めたのだ。最初は失望さえ感じた高梨からのこの餞別は、俺にとって、ある意味、最高の贈り物になった。

「おはようございます、水島社長」

社員たちが、ぞろっと入ってきた。ちょっと照れながら、「おはよう」と返す。

「さぁ、社長。最初の朝礼を始めましょう」

佐野が、背中を押すように俺を促した。「よっ、水島社長！」と高梨が檄を飛ばす。まるで、宴会の余興のような勢いだ。俺はひとつ咳払いすると、六人の社員の前に立った。

「改めまして、おはようございます。本日から社長を拝命しました水島です」

緊張からか、声が少し上ずる。「知ってますよ、そんなこと」という高梨の野次が、とてもありがたく感じられた。

「『死』はある意味、『生』に一番近い存在です。『死』を目の前にした時ほど、その『生』を、『命』を感じたり、考えたり、思い出したりすることはありません。

命は、いつか必ず終わりを迎えます。笑い、泣き、時に怒りながら全力で人生を生き抜いた命は、言葉では言い表せないほど尊いものです。そんな命の最期に、これからもみんなで心を寄り添わせていきましょう」

社員たちが拍手をした。高梨も、満面の笑みで大袈裟なくらい拍手をしている。社員一人一人の顔を順番に眺めると、俺はもう一度口を開いた。

「ただし……」

拍手をやめ、社員たちが一斉に俺に注目する。俺は姿勢を正すと、厳しい表情と声を皆に向けた。

「葬儀に私情は持ち込むな。感情を押し殺し、職務を全うするのだ」

エピローグ

風もなく、音もなく。

今日もまた、ひとつの命が散った。

「もう、こんな季節か」

青々とした葉が地面に辿り着くのを、ややかすんだ視線で追いかける。

俺も、随分、年をとった。あと何回、こんなふうに「ゆずりは」の世代交代を見ることができるのだろうか。

「水島さん、ちわーっす」

玄関から聞こえてきた声に、口元が自然にほころぶ。

「おお、今日も来てくれたのか？」

買い物袋を提げた高梨が、廊下をドタドタと早足でやってきた。

「今日は、咲と莉子も一緒っすよ。二人とも、水島さんにおいしい夕食を作ってあげるって張り切ってるんっすよね」

咲と莉子が、「こんにちは」と笑顔をのぞかせる。

十一年前、高梨は結婚した。結婚式では、父親の代わりを俺が務めた。身内だけの質素なものだったが、とても温かな式だった。

高梨の妻となったのは、平安会館がいつも世話になっている花屋の看板娘の咲だった。最初、高梨から結婚の話を聞いた時は、信じられなかった。高梨が結婚するということだけではない。その相手が、高梨が入社したての頃に行った、ある葬儀の遺族だったからだ。弟を亡くし、声を失い、そして、高梨の腕の中で声を取り戻した、あの少女だったのだ。自分の「死」をもって高梨に出逢わせてくれた弟に感謝していると、あの時咲は、はにかみながら俺にそう言った。そんな咲も、今では立派な母親になっている。

「それじゃ、台所をお借りしますね」

咲は腕まくりをしながら、台所へと向かった。その咲の背中を、もうすぐ小学四年生になる莉子が追いかける。

「もう、莉子は母親っ子なんっすよ。もうすぐ、『お父さん、嫌い』なんて言われるんっすかねぇ。あ、もう陰で言われてたりして」

昔のままの口調で、高梨が話す。俺の前の高梨は、今も変わらず、あの頃の高梨のままだ。

「なぁ、高梨」

高梨が、いつものアホ面をこちらに向ける。

「なんっすか?」

「人は、どうして死ぬのかな」

高梨の眉が、ぴくりと動く。

「誰のために、花は散るんだろうか」

庭のゆずりはに目をやり、独り言のように呟いた。

別に、答えを求めているわけではなかった。ただ、葬儀屋という仕事を通して何度生死と向き合っても答えを見つけることができなかった疑問を、高梨に投げかけておきたかったのだ。だが、高梨は俺の予想に反して、静かに口を開いた。

「きっと……」

温かい風が、花や木々の葉っぱを優しく揺らして去っていく。

「きっと、理由なんてないんっすよ」

高梨が、膨らみかけているピンクの薔薇の蕾に目を向ける。

「咲いたものは散る。これが、命の定めなんっすよ。まぁ、夢のない話っすけどね」

命は、いつか散ることを知って生まれてくる。人間も、動物も、植物も、同じ定めを背負い、生まれた瞬間から死へと向かっているのだ。どんなに祈っても、どんなに抗っても、その定めに背くことはできない。

風もなく、音もなく。
今もまた、ひとつの命が散っていった。

（完）

あとがき

「僕の家の庭に、『ゆずりは』という木があるんだ」

「『ゆずりは』って、どんな木なんですか？」

こんな知人との会話から、この小説は始まりました。

命。

一番身近にありながら、一番未知なるものだと、私は思っています。そんな「命」を、第二作となる今回のテーマに選んだのは、ただ、心から「書きたい」と思ったからです。まだまだ未熟な私に何が書けるか不安な部分もありましたが、今まで生きてきた中で学んだことや感じたことを織り込みながら、書きたいまま書き進めていきました。

この世界で、一日に亡くなる人の数は十五万人を超えると聞いたことがあります。この十五万人には、それぞれに家族や友達がいて、それぞれの生き様があって、そして、それぞれの死に様があるのだと考えると、その命ひとつひとつがとても尊いものであるということを改めて感じ、胸の奥が震える思いがいたしました。

この作品を書きながら、私は改めて、書くことの楽しさを感じることができました。形を持たなかった自分の想いが文字として現れ、そして、こうして「本」という形で残すことができることを、とても幸せに思っております。

なお、この小説はフィクションであり、登場する人物、団体等は実在するものではございません。

最後になりましたが、今回の出版にあたり、素敵な絵で小説のイメージを表現してくださいました永谷栄治様、題字を書いてくださいました新谷碩雲様、ご丁寧にお力添えいただきました銀の鈴社の西野真由美様、そして、いつも私を支えてくださっている多くの皆様に、心から感謝申しあげます。ありがとうございました。

新谷　亜貴子（しんたに　あきこ）

1982年　長崎県佐世保市生まれ
2005年　長崎大学教育学部中学校教育英語専攻卒業
　1990年　第４回毎日童謡賞　佳作
　1991年　第５回毎日童謡賞　佳作
　1996年　・（株）文英堂主催
　　　　　　第29回全国中学校　文芸作品・歌曲創作コンクール　入選
　　　　　・読売新聞　第46回全国小・中学校作文コンクール　優秀賞
　　　　　・佐世保市教育委員会主催　佐世保市子供俳句大会　銀賞
　1997年　・（財）音楽鑑賞教育振興会主催
　　　　　　第29回論文・作文コンクール　努力賞
　　　　　・佐世保市文化優秀奨励賞
2011年　小説『君の声が聞こえる』（銀の鈴社）を出版
2012年　同作にて、第三十一回佐世保文学奨励賞を受賞
2018年　本書『ゆずりは』を原作とする映画「ゆずりは」が全国公開される

NDC 913　　神奈川　銀の鈴社　2018　256頁　18.6cm（ゆずりは）

銀鈴叢書
ゆずりは

2013年９月25日初版発行
2018年４月29日重版発行
本体1,400円＋税

著　者　新谷亜貴子©
発行者　柴崎聡・西野真由美
編集発行　㈱銀の鈴社　TEL 0467-61-1930　FAX 0467-61-1931
〒248-0017　神奈川県鎌倉市佐助1-10-22佐助庵
http://www.ginsuzu.com
E-mail info@ginsuzu.com

ISBN978-4-87786-272-5 C0093
落丁・乱丁本はお取り替え致します

印　刷　電算印刷
製　本　渋谷文泉閣